Roberto Ricci

The Red Harlequin©

A Ascensão do Arlequim

LIVRO 3

TRADUÇÃO
UBK Publishing House

ubook ubk Publishing House

Publicado mediante acordo com Pantomimus Media Limited. Edição traduzida do livro *The Red Harlequin: Rise of the Harlequin*, publicado por Pantomimus Media Limited.

COORDENAÇÃO Alessandra Brito
EDIÇÃO Fernanda Barreto
COPIDESQUE Christian Danniel
REVISÃO Eduarda Rimi e Nádia Maia
DIAGRAMAÇÃO Studio Oorka
ADAPTAÇÃO DE CAPA E PROJETO GRÁFICO Bruno Santos

Dados Internacionais de Catalogação na Publicação (CIP)
(Câmara Brasileira do Livro, SP, Brasil)

Ricci, Roberto
The red harlequin : a ascensão do arlequim / Roberto Ricci ; tradução UBK Publishing House. -- Rio de Janeiro : Ubook Editora, 2021. -- (The red harlequin ; 3)

Título original: The red harlequin : rise of the harlequin
ISBN 978-65-5875-573-9

1. Ficção de fantasia 2. Ficção italiana
I. Título. II. Série.

21-72794 CDD-853

Ubook Editora S.A
Av. das Américas, 500, Bloco 12, Salas 303/304,
Barra da Tijuca, Rio de Janeiro/RJ.
Cep.: 22.640-100
Tel.: (21) 3570-8150

SUMÁRIO

Venha, aproxime-se, amigo.
Não tenha medo.
Sou um Arlequim, sim, mas isso não deve assustá-lo mais.
Você ouviu minha história até o momento
e descobriu a verdade sobre nós.
Deixe-me dizer agora como tomei conhecimento do amor.

CAPÍTULO 20

O RITO DA MOXIA

A floresta de Everdia estava sempre úmida, regada diariamente pelo orvalho sereno. Muitas vezes, eu precisava ajustar meus olhos antes de me adentrar mais nela, pois a luz solar era bloqueada por uma densa copa de folhas, tão escura e ao mesmo tempo tão viva, irrequieta com insetos e pássaros de todo tipo, como os papagaios, uma ave colorida que os Cromos Verdes também chamavam de "arco-íris alado" devido às cores variadas de suas penas. A floresta estava cheia deles, que se certificavam de que cada habitante dela soubesse de sua presença, por meio de seus constantes pios tilintantes. Todavia, não me incomodei com o barulho que faziam. Enquanto os via pendurados de cabeça para baixo nos galhos das árvores, com suas penas vermelhas, azuis e amarelas, eles me lembravam nós, Arlequins. Éramos criaturas livres, assim como eles, porém, em vez de penas coloridas, tínhamos almas coloridas.

Sim, não temia mais ser um Arlequim, aceitei o fato. Eu me alegrei ao me livrar da minha máscara de uma vez por todas. Acolhi com satisfação a liberdade e o conhecimento que adquirira ao deixar a Nação Preta e viajar para os territórios Azul e Vermelho.

Na maioria das vezes, meus pensamentos se voltavam para o território que eu deixara recentemente, a cidade Vermelha de Samaris. Muitos dos meus amigos perderam a vida lá. O mais próximo de mim era Chtomio, mais conhecido como Rei Quadrio. Compartilhamos muitas aventuras, e nossa proximidade era tanta que eu sentia como se ele fosse um segundo e querido pai. Ele me ensinara como sobreviver, lutar e me libertar da opressão criada ao me alinhar a uma única cor de cromo. Minha segunda grande perda foi uma amável criança chamada Tiara, uma órfã da casta mais pobre dos Cromos Vermelhos, os intocáveis janis. Tiara vivia fora das muralhas de Samaris, segregada pela maioria dos cromos. Seu humilde abrigo era uma cabana de grama à beira-mar e, ainda assim, ela incessantemente compartilhava comigo tudo o que tinha. Graças a ela, fiz amizade com vários cromos janis Vermelhos que agora viviam no exílio comigo como companheiros arlequins. Tínhamos lutado lado a lado para fugir do Reino Vermelho e dos territórios Violeta e Azul, e agora éramos mais próximos do que irmãos. Quem pensaria que um cromo Preto poderia se tornar tão próximo de cromos Vermelhos, seus tradicionais inimigos jurados? Sim, coisas notáveis com certeza aconteceram comigo em Samaris.

Embora houvesse muito sofrimento pelo caminho, eu me sentia agora mais forte do que nunca, como as árvores gigantes que cresciam na floresta dos Cromos Verdes. A cada dia que passava, elas se tornavam mais altas e maiores, não importava o que acontecesse, e eram chamadas de Cantoras Estelares.

As Cantoras Estelares dominavam a paisagem e tinham o tamanho de mais de cinquenta cromos empilhados. Seus enormes galhos retorcidos estavam cobertos de musgo e videiras, então caminhar por baixo delas era como entrar em uma casa feita de renda verde, dividida em muitas salas diferentes. Orquídeas grandes e exóticas cresciam diretamente sobre as árvores, alimentadas pelo solo nos sulcos da casca. Elas estendiam suas belas flores para cima, em direção a feixes de luz solar pouco vislumbrados, tentando sugar aquela energia radiante com as pétalas. As Cantoras Estelares eram também o lar de grandes abelhas, algumas do tamanho da metade do meu punho, cujos favos de mel se penduravam como enormes cortinas na parte inferior da copa das árvores. Segundo os Cromos Verdes, o zumbido vibrante das asas é o que deu às árvores uma "voz" para suas "canções".

Ah, sim, os Cromos Verdes. Muitas vezes me perguntei, durante minha jornada, como poderia ter tomado tal nação gentil por ladrões preguiçosos e mentirosos. Como outros cromos, eu deixara algumas maçãs podres influenciarem minha opinião sobre toda a Nação Verde. Na verdade, eu tinha muito a aprender com eles. Por terem perdido tudo, os Cromos Verdes evitavam os bens pessoais que lhes podiam ser tirados e destruídos. Desde então, escolheram viver cada dia como ele é: compartilhando, criando arte, fazendo travessuras inofensivas e buscando uma maior comunhão com a natureza.

Supunha que eu poderia ser perdoado por meu preconceito, por causa de Astor, o primeiro cromo Verde que conheci. Ele me usou, me roubou e me jogou de cabeça em uma enorme quantidade de problemas antes de me abandonar ao meu destino. Porém, em meio a tanta harmonia, mesmo tais eventos pareciam fazer parte de um passado distante. E tudo isso foi graças à Failan, a generosa Sacerdotisa de Everdia.

Ela nos acolheu, depois que chegamos cambaleantes ao território Verde, parecendo mais com necrófagos selvagens e cruéis do que com cromos civilizados. É incrível que ela não tenha atiçado suas serpentes para nos matar na primeira oportunidade. Em vez disso, ela surgiu da floresta e nos ofereceu abrigo e repouso. Failan era tão habilidosa em se esconder que não tínhamos a menor ideia de que ela e seus seguidores nos perseguiram para nos observar e avaliar nossa verdadeira natureza!

Ela era diferente... nossa Failan. Os olhos eram de um verde vivo e o cabelo, emaranhado e avermelhado, como as folhas antes do inverno. Tinha o corpo grande e farto, assim como a alma. Ela se mostrava tão diferente dos outros líderes que eu conhecera durante minhas aventuras, pois não agia de modo despótico como os Anciãos Pretos, nem ganancioso como os Barões Azuis ou arrogante como os Nobres Vermelhos. Failan era acessível e amigável, amava cada um dos cromos Verdes, e eles, por sua vez, a amavam.

Essa harmonia entre um líder e sua nação fez da convivência em Everdia uma experiência completamente diferente do que foi minha vida na Nação Preta. Não havia obediência sem sentido e trabalhos pesados como os pobres cromos de minha espécie eram forçados a suportar em Axyum. A maioria dos cromos Verdes vivia sem censura e sem restrições, livres para fazer o que quisessem ao ar livre, desde que não ferissem ninguém. "Com o céu como teto e a terra como seu lar", uma das poucas verdades que Astor me dissera. A maioria preferia viver na floresta ou no alto das árvores do que em suas simples tendas. Alguns deles, sobretudo as cromos com seus filhos, até mesmo encontraram refúgio nas ruínas de seus templos. Quanto a nós, arlequins, nos instalamos no meio da floresta, perto das ruínas de um anfiteatro.

Todos viviam cada segundo, apreciando-o como mel. Os Cromos Verdes comiam pouco, mas no final ficavam mais satisfeitos do que qualquer comerciante rico do território Azul que se empanturrava de doces requintados para mostrar status. Em relação à comida, Daerec era o pior de nosso grupo. Ele comia constantemente, mas quanto mais se alimentava, mais fome sentia. Sem dúvida, era um problema que todos nós, refugiados de Samaris, tínhamos em comum: uma fome que não podia ser saciada; uma fome pela vida.

Felizmente, o principal esforço era nos acostumar a interagir com outros cromos sem máscara. Lembrei-me daquela que Astor fez para mim, quando me disfarçou de cromo Verde, e que mal cobria meu rosto. Os Cromos Verdes raramente usavam máscaras entre si e quando o faziam, esculpiam belos modelos de madeira para rituais ou para lidar com outros cromos.

O uso de máscaras entre a "família da floresta" era considerado uma grosseria. Nem eu nem meus amigos marcromos Vermelhos jamais tínhamos visto uma cidade inteira de cromos desmascarados. Porém, lá estavam eles, ao ar livre, sem medo de mostrar o rosto! Era lindo e inquietante ao mesmo tempo, como ficar pelado em público. As feições de todos, felizes ou tristes, estavam à mostra para qualquer um ver. Mesmo após tanto tempo, minha nova habilidade de reconhecer os cromos por quem eram devido a meras expressões faciais era como ser arremessado de um penhasco e nunca atingir o fundo. Muitas vezes, me pegava olhando para eles para observar os sorrisos e a luz em seus olhos. Frequentemente, no entanto, a intensidade daquelas emoções puras me obrigava a desviar o olhar.

Um dia, Failan viu que eu olhava admirado, e eu me senti como um espião pervertido.

— O arlequim está curioso agora, não está? — provocou ela, zombando de mim, com seu jeito casual e sereno.

Assenti com a cabeça, corando pela enésima vez.

— Me diga, Failan, o que houve exatamente com Everdia? — perguntei, ansioso para mudar de assunto. — Como sua grande nação caiu em tal ruína?

— Você precisará ouvir uma das minhas lições para descobrir — respondeu ela.

Failan então passeou sobre as pedras partidas de um pátio antigo, onde todas as crianças estavam brincando nas escadas de um dos maiores templos, e bateu palmas:

— Cheguem mais perto, pequeninos, cheguem mais perto!

Como patinhos, os jovens cromos Verdes seguiram Failan, enquanto ela os conduzia pelos degraus do templo até o centro do velho anfiteatro, um lugar que ela chamou de "o coração de Everdia". Rapidamente me juntei a eles, acompanhado por Daerec, que ouvira nossa conversa e também estava curioso.

— O que você está fazendo? — perguntou ele, mordendo uma maçã vermelha brilhante.

— Aprendendo uma nova lição — respondi.

Assim que as crianças fizeram um círculo em torno da Sacerdotisa

Verde, elas começaram a fazer pedidos:

— Por favor, Failan, conte mais uma vez sobre como você voltou para Everdia! — berraram.

— Já contei essa história a vocês muitas vezes. Não adianta contá-la de novo. Além disso, hoje eu queria discutir a Moxia...

Seu anúncio foi recebido por outro coro de "Por favoooor", ainda mais insistente.

— Ah, muito bem, como eu poderia dizer "não" a esses adoráveis chuchuzinhos...

Failan voltou-se para mim e para Daerec, recompensando meu amigo marcromo com uma piscadela atrevida. Ele olhou para mim, perplexo. Eu lhe dei uma palmadinha nas costas e disse:

— Ora, seu adorável chuchuzinho.

O rosto dele ficou vermelho como a maçã que comia, e eu não pude deixar de rir.

Failan dirigiu-se aos jovens discípulos, levantando as mangas floridas, semelhantes a folhas, de sua roupa singela. Como todo Cromo Verde, ela usava uma túnica justa com mangas longas que lhe permitia mover-se pela floresta com facilidade. As mangas serviam como bolsos para qualquer objeto ou ferramenta que seu portador pudesse precisar, então as mãos ficavam livres. Elas faziam com que Failan parecesse um pavão levantando as asas.

— Houve um tempo em que Everdia era a luz-guia dos territórios — disse ela. — Um lugar onde os cromos de cada nação eram bem-vindos e onde a terra era fértil. Mas as outras nações sentiram inveja de nós e de nossa felicidade. Não conseguiam entender como nossas casas não tinham portas e nosso coração não tinha fronteiras, pois o mundo delas estava fora de sintonia com a harmonia da natureza. Esses cromos levantaram muitas muralhas para se isolarem. Em vez de se divertirem com a luz do sol no rosto, criaram máscaras para se esconderem nas sombras.

Conforme ouvia a narrativa de Failan, lembrei-me de como Astor uma vez me contou a mesma história e me perguntei se fora Failan que lhe ensinara, assim como estava ensinando aos jovens neste momento. Apesar de nos evitarmos em Everdia, eu ainda estava desconfiado de sua presença. Lembrei-me de que eu fora sincero com Failan quando lhe contei sobre a desavença que existia entre nós. Então não tinha nada a temer quando ele inevitavelmente tentasse mentir sobre nossa história.

Voltei a prestar atenção à lição de Failan, que continuou a falar sobre os outros cromos:

— Por fim, o medo deles os uniu contra nós. Os Cromos Pretos, Azuis, Vermelhos, Amarelos, Laranja... até mesmo os Cromos Violeta, comumente pacíficos, vieram e incendiaram Everdia.

Ela fez uma pausa para permitir que as palavras chocantes fossem absorvidas.

— E então, não satisfeitos por destruírem nossa gloriosa cidade, os Cromos Pretos e os Cromos Azuis nos forçaram a abandonar nossa terra...

Quando vi os rostos tristes das crianças, senti vergonha pelos atos dos Cromos Pretos e, por um instante, me perguntei se meu pai participara disso.

— Nós, Cromos Verdes, nos dispersamos pelos territórios, como sementes que se espalham ao vento. Vagamos por muitos solstícios, por diferentes terras. É por isso que os outros cromos começaram a nos chamar de nômades. No entanto, nunca poderíamos florescer em nenhum outro lugar. Alguns de nós perderam a esperança e começaram a fazer coisas ruins... coisas que os Cromos Verdes normalmente nunca fazem. Os outros cromos acusaram *todos* nós de roubar, de mentir, de corromper. Foi uma época triste... Ainda assim, embora tivéssemos sido separados como galhos de uma árvore-mãe, as videiras de nosso espírito de cromo estenderam-se pelos céus até que se entrelaçaram mais uma vez com a Deusa Mãe. A distância entre nós não era compatível com o vínculo maior que criamos com nossa terra.

— Solstícios passaram e passaram... — continuou ela.

— Até que um dia... — emendou uma das crianças.

— Até que um dia — repetiu Failan, entretida — eu ouvi a Deusa

Mãe cantar para mim através das árvores Cantoras Estelares. Ela me disse que era hora de voltar. E foi o que fiz, mas não antes de produzir um fluido verde sagrado para levar comigo como um presente: o sangue vital das plantas e da própria Deusa Mãe.

Em seguida, Failan tirou uma ampola cheia de soro verde da manga e o borrifou sobre as crianças risonhas. O fluido tinha um cheiro forte e pungente que reconheci como clorofila líquida. Também a utilizávamos em Axyum, pois era bem conhecida por ser uma fonte muito boa de saúde e energia.

— Quando retornei — continuou ela —, descobri que os Cromos Pretos e os Cromos Azuis, com crueldade de espírito, haviam deliberadamente tornado nossa terra estéril. Esforçaram-se muito para explorá-la, mas não tiveram sucesso. Vocês sabem por quê? — perguntou Failan aos jovens cromos.

— Porque a terra precisa de amor — gritaram as crianças em uníssono.

— Exatamente! — disse ela radiante.

Então, Failan ficou séria.

— A terra incendiada permanecera árida, assim como os corações deles. Sem amor, nada pode crescer. Então, dei à nossa terra o fluido verde sagrado que trouxe comigo, mas, acima de tudo, devolvi o *amor* que ela perdera. Lentamente, a terra fez brotar seus frutos e, em alguns solstícios, se tornou uma floresta mais uma vez!

Ela fez um gesto em direção à selva espessa e verdejante, que sombreava o anfiteatro.

— Estas matas, estas terras protegem nosso rosto. É por isso que aqui as máscaras não são necessárias. Somos todos iguais diante da Deusa Mãe.

Mesmo que as crianças já tivessem ouvido essa história antes, elas estavam tão envolvidas com o relato que ainda reagiam com um fascínio como se fosse contada pela primeira vez. Também não pude deixar de admirar Failan. Ela era uma líder de verdade, que realmente havia criado uma comunidade amorosa que floresceu, enquanto Axyum permaneceu ressequida até a morte pela fúria acumulada dos Cromos Pretos.

Failan interrompeu meus pensamentos sombrios quando bateu palmas mais uma vez e anunciou:

— Vamos, é hora de praticar a Moxia.

— Moxia! Moxia! — comemoraram as crianças.

Failan levou a mão à testa.

— Ah! O calor do Irmão Sol deve ter me distraído! Não consigo me lembrar o que é a Moxia. Alguém pode me dizer?

— Eu! Eu! Eu! — gritaram os pequenos cromos Verdes.

— Vejamos... hum... fale você, Bleda.

Uma cromo rechonchuda, cuja túnica tinha o dobro do seu tamanho, tremeu de empolgação e ficou de pé em um salto.

— A Moxia é nosso rito mais importante. É quando nos reunimos com a Deusa Mãe — recitou ela.

— Muito bem! — disse Failan. — Quanto mais nós nos aprofundamos em nossa floresta, mais precisamos do rito da Moxia para que possamos nos fundir com a natureza e com a Deusa Mãe. Agora, pequeninos, pensem em como gostariam de se tornar um com a Deusa Mãe e comecem a reunir as coisas que precisam para sua Moxia!

— Quero ser uma árvore! — declarou um.

— Eu quero ser o céu! — berrou outro.

As crianças se espalharam, adentrando pela floresta ao redor para reunir o que fosse necessário e cumprir a tarefa.

Hoje à noite, faremos uma verdadeira Moxia. Uma noturna, em homenagem à lua — disse Failan para mim e Daerec.

Daerec estava confuso.

— Não entendo. Uma Moxia é algum tipo de união simbólica que vocês procuram estabelecer com a natureza?

— Acho que... parte disso pode envolver camuflagem! — falei, iluminado por um súbito entendimento. — Por isso não vimos vocês quando chegamos à floresta pela primeira vez.

Failan concordou:

— Embora seja um rito, é também uma forma de nos defendermos dos outros. Nós, Cromos Verdes, somos pacíficos. Nunca atacamos outra criatura se pudermos evitar.

— Não, nós permitimos que os outros nos ataquem! — interrompeu uma voz.

Fiz uma careta. Era Astor. Tínhamos nos evitado cuidadosamente durante todo aquele tempo, sobretudo porque eu estava convencido de que ele ainda era perigoso, pois estava dominado por uma raiva ameaçadora que abrigava dentro de si. Era um sentimento que eu não entendia nem conseguia explicar, mas não fui o único a notar que isso crescera dentro de Astor, apodrecendo ainda mais, já que havíamos nos separado em Ayas.

— Atacar, lutar, odiar outro cromo... tudo isso se baseia no medo — disse Failan calmamente a ele. — E nós veneramos o oposto do medo. Nós exaltamos o amor.

— Você nunca ganhará respeito nos territórios com isso que chama de "amor"! — sibilou Astor. — Assim, seremos sempre forçados a fugir dos outros! Como ele! — disse apontando para mim.

Antes que eu pudesse responder, Failan aproximou-se de Astor com os braços abertos, pronta para abraçá-lo.

— O amor supera tudo, meu filho — disse ela. — Sei como é difícil lutar contra os demônios dentro de você. Sei como o medo de estar perdido é devastador. Lembrarei a você pelo tempo que for necessário para que não se perca: nós estamos aqui...

— Pare com isso! — protestou Astor. — Sou imune a seus truques. Viajei para terras distantes, você se lembra disso? Fiquei muito tempo nos territórios, *conhecendo as fraquezas das outras nações*, muito tempo depois de você ter voltado como uma criatura fraca, vinda do exílio. Então eu sei a grande verdade! Eles devem ser atacados antes que nos ataquem de novo! Ignorar o inevitável é "convidar a morte por pura tolice". Quanto a você — rosnou para mim —, não é bem-vindo aqui. Vá embora ou morra.

Suas duras palavras assustaram algumas crianças que voltavam, e uma delas começou a chorar. Lembrei-me da maneira como também ficava um pouco assustado com ele. Eu tinha quase 14 solstícios quando matei o Grande Ancião que tentou abusar de minha mãe, um ato que me obrigou a fugir de Axyum e me conduziu para a jornada do meu destino. Astor era mais alto do que eu na época, um cromo adulto que parecia ser o libertino mais jovem do mundo para mim. Naquele instante, fiquei surpreso ao descobrir que podia olhar por cima de sua cabeça com facilidade. Quando eu tinha crescido tanto? Meu corpo era robusto e forte como ferro por conta de uma vida difícil na estrada. Quem ele viu, agora, quando olhou para mim? Não pude deixar de perceber que ele tinha dificuldade em me olhar nos olhos.

— Por que você faz isso, Astor? — perguntou um cromo criança. — Por que você quer lutar contra o arlequim? Ele é nosso amigo.

O astuto cromo Verde pareceu incerto por um instante. Àquela altura, outros cromos Verdes adultos já haviam surgido da floresta para ver do que se tratava a confusão. Os outros arlequins, Xai, Yanetz, Aprin e Rovyul, rapidamente se colocaram ao meu lado, formando um círculo defensivo desnecessário ou indesejado por mim naquele momento.

Astor apontou para nós, dizendo:

— Estes bandidos nos trarão má sorte. Os Cromos Pretos virão à procura deles, ou os Cromos Azuis. E nos humilharão, novamente.

— A Deusa Mãe os trouxe até aqui, e eu não pretendo mandá-los embora — respondeu Failan.

— Então você vai se arrepender disso pelo resto de sua vida — disse Astor, indo embora.

Logo depois, a Sacerdotisa voltou-se para as crianças e as tranquilizou.

— Está tudo bem, pequeninos. Está tudo bem. Vão em frente e pratiquem sua Moxia.

Elas mostraram os materiais encontrados e depois se ajoelharam no chão para receber um pouco de lama, aplicada habilmente por Failan em seus braços e rostos.

— Astor está certo — confidenciei a ela. — Deixei um rastro

de sangue que eventualmente apontará para cá. Estou colocando sua nação em perigo.

— Perigo, poder, opressão... que cromos fracos nós somos se ainda não aprendemos nossas lições.

Ela permaneceu em silêncio por um tempo e, de repente, acrescentou:

— Ah, não importa. Se você decidiu partir, então vá, mas faça isso ao amanhecer. Hoje à noite, a Moxia será uma celebração da natureza, e esta deve ser comemorada com os amigos.

Assenti com a cabeça.

— Obrigado por sua amizade.

Ela gritou:

— Sylai! Cochlea!

Imediatamente, duas cromos apareceram e se curvaram diante de nós.

— Por favor, ajude nossos amigos arlequins a se prepararem para o rito.

Depois, ela partiu, mas não sem passar por Daerec, tocando-o de forma suave e insinuante. Sylai e Cochlea também riram enquanto observávamos o rosto de Daerec ficar vermelho como um pimentão.

— Ela é sempre assim? — perguntou Daerec, mas as duas cromos não responderam.

Elas tiraram frascos de várias substâncias coloridas de suas mangas e os ofereceram a nós com outra reverência.

— Nós, Cromos Verdes adultos, também usamos as cores da Deusa Mãe para nos tornarmos um com ela — disse Sylai.

— Verde, como nossas florestas, mas também marrom como nossa terra — acrescentou Cochlea.

Elas pintaram meu braço com tonalidades diferentes dessas duas cores. Quando terminaram, me conduziram até uma muda de Cantora Estelar e me posicionaram na frente do tronco. Meu braço se misturou com a casca até o ponto em que ficou invisível! Meus amigos e eu ficamos muito impressionados com a habilidade artística necessária para alcançar tal ilusão.

— Há outras cores também — comentou Sylai.

Naquele momento, ela pintou as costas de Xai com amarelo e vermelho, e Cochlea acrescentou grama e folhas. Elas posicionaram Xai com o rosto voltado para baixo sobre a grama. Tudo o que posso dizer é... suas costas pareciam não ser mais suas costas, mas um cacho engraçado de flores com uma cabeça em cima, desfrutando os últimos raios do sol.

— Agora é sua vez — anunciou Cochlea.

Elas fizeram reverência e nos deixaram com as pinturas. Nós nos despimos e começamos nossas tentativas de nos unir com a Deusa Mãe, brincando uns com os outros sobre nossa falta de habilidade e delicadeza.

O crepúsculo foi recebido com o clamor de baquetas batendo contra troncos ocos de árvores. Os sons incessantes, vindos de diferentes áreas de Everdia, rapidamente se uniram em um único ritmo. Fogueiras foram acesas, e um clima de festa começou a se espalhar pelas ruínas. Fomos reintegrados por Failan, que nos levou a uma mesa de banquete preparada no centro aberto do anfiteatro. Sentado à mesa, pude observar à vontade aquela estrutura antiga. A parede externa estava decorada com centenas, se não milhares, de sinos dos ventos enormes que lhe davam um ar tortuoso. O som deles era suave e sublime. Claramente, aquele lugar foi o centro de uma civilização outrora poderosa, ostentando seis níveis posicionados de forma livre em relevo inclinado. Plantas floridas dominavam cada nível, escondendo os bancos de pedra onde os habitantes da cidade de Everdia descansavam. Há muito tempo, eu o observara de cima quando aceitei um desafio de meus arlequins para escalar uma Cantora Estelar. Fiquei surpreso ao descobrir que o anfiteatro foi projetado para formar a máscara da Deusa Mãe.

Ao cair da noite, nos reclinamos em sofás feitos de galhos flexíveis colocados à frente da mesa comprida de pedra que estava repleta de frutas e vegetais maduros. Havia também jarros de madeira cheios de um hidromel doce e inebriante, feito com o mel das abelhas das

Cantoras Estelares e cerejas verdes esmagadas. Um cromo Verde anfitrião estava prestes a despejar um pouco em meu copo, mas recusei, pois já provara antes aquele hidromel e ele me deixara tonto. Não estava disposto a passar por tal experiência mais uma vez.

— O arlequim não bebe o néctar de nossa floresta? — indagou, intrigado. — Então, tomarei sua parte para que eu possa permanecer sob o feitiço da Deusa Mãe até o amanhecer!

— Treinor, até mesmo um copo d'água põe você sob o feitiço da Deusa Mãe! — comentou outro cromo Verde.

Todos, inclusive Treinor, desataram a rir. Bem... todos, exceto Astor, que se distanciou o máximo possível de nós, sentando-se ao fim da mesa. Ele não falou com ninguém, atentando-se apenas à jarra de madeira mais próxima.

Failan sentou-se em frente a Astor, à minha direita. Ela flertou com Daerec e lhe perguntou sobre o Reino Vermelho. Logo, a discussão estendeu-se a todos os outros territórios.

— Ah, sim, os territórios — suspirou Failan —, onde todas as nações continuam obcecadas por obter mais poder, mais riqueza e estão dispostas a fazer qualquer coisa por isso. E "qualquer coisa" inclui assassinato.

— Nem todos são assim — ressaltei, mas ela não prestou atenção porque estava muito ocupada oferecendo frutas a Daerec, que as aceitava com prazer.

— Você sabe por que não há harmonia fora de Everdia? — prosseguiu em um tom condescendente. — Porque as cromos nos outros territórios não estão no comando, é por isso! Os Cromos Pretos têm os Anciãos, homens, é claro. Minha nossa, nunca poderíamos ter sábias naquela cidade abandonada pelos deuses de Axyum, não é? Os Cromos Azuis têm os Barões, também homens, naturalmente. Quem mais poderia controlar o comércio lá? Depois, temos os Cromos Amarelos e as Cromos Laranja, que ainda têm suas estranhas divisões e costumes peculiares. E finalmente... os Cromos Vermelhos. Bem... eles tinham um Rei. Todos nós sabemos o que aconteceu lá.

— Havia também uma Princesa — comentei.

— Não era minha Princesa — acrescentou Daerec rapidamente.

— Em todo caso, pelo que você disse, eles não têm mais nem um Rei nem uma Princesa. Os Cromos Pretos destruíram Samaris — disse Astor com frieza.

Houve um momento de silêncio, e pude ver os olhos de Yanetz se umedecerem.

— Samaris nunca foi nossa cidade, Yanetz — pontuou Daerec. — Era a cidade dos ashis e sayis.

Yanetz assentiu com a cabeça, mas sem convicção.

— Então, o que vai acontecer com os Cromos Vermelhos agora? — perguntou Failan.

Jadreen, um dos outros cromos Verdes, falou:

— Ouvi dizer que a maioria fugiu, embora ainda existam grupos de cromos Vermelhos errantes e renegados que vagam pelos territórios.

— Você sabe o que aconteceu com a Princesa deles? — perguntei, ansioso.

Ele balançou a cabeça.

O cromo Verde chamado Treinor parou de beber e comentou:

— Aparentemente, um da sua espécie, um arlequim, matou o pai dela.

— Isso é verdade? — perguntou Failan me olhando de relance, erguendo uma sobrancelha.

— Não, não foi um arlequim que matou Quadrio, mas outro nobre — respondi.

Essa era a verdade. Entretanto, ela não ficou satisfeita com minha resposta e me pressionou para obter mais detalhes.

— Você não disse que veio do Reino Vermelho?

Demorei um instante para me recompor antes de responder.

— Eu era amigo de Quadrio —informei. — E tenho certeza de que não foi um arlequim que o matou, pois fui eu quem deu cabo do seu assassino.

Todos pararam de comer quando fiz a revelação, até meus amigos marcromos me olharam em choque. Apenas Failan não parecia estar surpresa.

— Você conhecia nosso Rei? — indagou Xai.

— Eu o conhecia bem — respondi.

— E? — perguntou Failan. — Quem o matou então?

— Um dos nobres mais próximos a ele. Um cromo chamado Oris — respondi.

— O *Ministro* Oris? — repetiu Daerec, ainda mais chocado.

Assenti com a cabeça.

— Antes de matá-lo, ele confessou ter conspirado com os Anciãos Pretos, planejando o ataque a Samaris.

— Estou tentando manter a mente aberta, mas acho muito difícil acreditar que um nobre Vermelho, especialmente um que já tinha riqueza e poder, conspiraria contra seu próprio Rei para ajudar os Cromos Pretos — admitiu a Sacerdotisa Verde. — Na verdade, acho ainda mais bizarro que você, um Arlequim, tenha feito amizade com o Rei Vermelho.

— O que eu disse é a verdade — respondi. — E aprendi, com grandes perdas, que há alianças mais estranhas e impiedosas sendo feitas nos territórios do que aquilo em que fomos levados a acreditar.

— Tais como? — perguntou Failan.

— O próprio conceito de ter uma cor cromática é uma falsa verdade, que me foi revelada pelo próprio Rei Quadrio. A grande verdade é que... as cores cromáticas não existem! É tudo uma grande mentira maligna, usada para nos manter separados e sob controle.

— Hum, falou como um verdadeiro arlequim! — disse Failan, pegando uma cereja verde, claramente não convencida. — Mas e as características que parecem ser a marca registrada de uma determinada cor? Você consegue imaginar um cromo Azul se afastando de sua busca apaixonada pela riqueza e aceitando a humildade, como um cromo Verde? Ou um cromo Violeta repudiando sua habilidade astuta com aromas em favor da criação de gado como um cromo Amarelo?

Todos ao redor da mesa, convencidos dessas "verdades" de longa data, assentiram com a cabeça em concordância. Pensei em minha própria experiência. Realmente, não podia culpá-los, porque eu também resistira a esses novos conceitos quando Chtomio os apresentou para mim.

— Não, claro que não.

Voltei ao presente quando ouvi Failan concordar com seus convidados.

— Então você vê, em resposta à sua pergunta, que a cor de nosso cromo é, no fundo, a forma como definimos nossas diferenças. Diferenças irreconciliáveis.

— Ela está certa, Asheva — consentiu Daerec. — Todos os cromos são diferentes.

— Vocês estão todos errados — respondi.

Eu me levantei e disse:

— Essas diferenças devem ser vistas como coisas com as quais podemos aprender, não como coisas pelas quais devemos morrer porque não podemos mudar.

Os cromos Verdes nas outras mesas me encaravam de frente. Aproveitei sua atenção saltando em um tronco de árvore para ser ouvido por eles também.

— Eu não acho que uma dose de humildade dos Cromos Verdes enfraqueceria os Cromos Azuis. Inclusive, considero que isso os tornaria melhores. Também não acredito que um cromo Violeta seria prejudicado por aprender algumas lições sobre como pastorear o gado para que ele pudesse se alimentar durante períodos de vacas magras.

— Isto é pura fantasia — zombou Jadreen.

— Talvez seja — reconheci. — E se é apenas uma satisfação inofensiva, posso dar a vocês mais um gostinho de como nosso mundo, como eu o vejo, pode ser maravilhoso?

Fiz uma pausa para um efeito dramático e depois descrevi um

cenário, inspirando-me pela forma emocionante como Failan engajou as crianças Verdes quando as ensinou sobre a Moxia.

— Posso imaginar um cromo Preto guerreiro se afastando dos duros e agressivos éditos de sua nação , de suas convicções de guerra e religião, e abraçando o amor e a beleza. Consigo imaginar os Cromos Vermelhos abandonando o sistema de castas para viverem como iguais. Consigo imaginar os Cromos Violeta ajudando os Cromos Verdes a reconstruir Everdia. Posso imaginar os Cromos Amarelos e os Cromos Laranja trabalhando juntos em vez de competir pelos favores dos Cromos Vermelhos e dos Cromos Azuis. Consigo imaginar uma mesa cheia dos frutos da terra, onde todos os cromos de diferentes nações podem sentar-se juntos em paz e partir o pão.

Olhei para todos e sorri.

— Finalmente, posso imaginar um mundo onde todas as nossas grandes nações consigam coexistir de forma pacífica, não mais divididas por cores ou máscaras, mas unidas como uma só, assim como vocês, os cromos Verdes, há muito desejavam que fosse.

Então levantei meu cálice, e lentamente todos os outros seguiram o exemplo.

— Este mundo já existe, no coração de muitos cromos.

— Ouçam, ouçam! — gritou Daerec, segurando seu copo na minha direção.

Para meu espanto, muitos outros cromos Verdes também ergueram suas taças e me aplaudiram. Todos, exceto os dois sentados ao fundo da mesa: Astor e Failan.

A Sacerdotisa Verde se levantou e se aproximou de mim.

— Você tem o coração de um arlequim, mas eu pude conhecê-lo bem, Asheva. E acho que ainda tem muita raiva dentro de você — sussurrou ela.

Ela tocou meu rosto com as mãos.

— Uma unificação dessa magnitude precisa de amor, não de raiva. E eu ainda não sei qual dos dois é mais forte dentro de você.

Eu mesmo não sabia. Fui salvo de ter que responder quando

os sons baixos e lúgubres de chifres de carneiro Verde nos interromperam. Os Cromos Verdes saíram correndo da mesa de pedra, seguindo por todas as direções do anfiteatro.

— O que está havendo? — perguntei.

— É a reunião para a Moxia — respondeu Treinor, levantando-se. — Venha.

Eu não podia acreditar. Envolvi-me tanto em meu discurso, e nos sentimentos intensos que o alimentaram, que a própria razão de termos nos reunido me escapara completamente da cabeça! Seguimos Treinor até uma gruta bem no centro do nível mais profundo do anfiteatro. Os Cromos Verdes todos amontoados e em uníssono levantaram os braços e balançaram as mãos no ar enquanto entoavam palavras estranhas. Fizeram padrões e imagens com as palavras e deram ritmo ao canto que criaram espontaneamente, pontuando-o com sons estranhos e agudos. Meus sentidos foram abalados, e notei os outros arlequins reagindo da mesma forma. Senti como se uma grande cobra estivesse rastejando lentamente pelo meu intestino. De repente, os Cromos Verdes se dividiram em dois grupos: cromos homens e cromos mulheres. Os cromos guiaram as cromos até a parede mais baixa do anfiteatro, em um tipo de dueto em canto arcano.

— Soa como um enxame de grilos gigantes! — murmurou Xai.

— Só espero que os animais selvagens que espreitam nesta floresta não façam parte do rito também — disse Daerec.

Os dois grupos rodopiaram e dançaram, seguindo o padrão feito pela parede do terraço ao redor do anfiteatro várias vezes. Em seguida, uniram-se em um círculo apertado com um espaço minúsculo no meio. Eu queria que seu canto terminasse por causa das emoções dolorosas suscitadas dentro de mim. A avaliação de Failan a meu respeito levantou-se como uma acusação espontânea em minha mente: ela estava certa. Havia uma raiva em meu interior, algo tão forte que era mortal! Tentei racionalizar meu sentimento: não foi essa mesma raiva que me permitiu sobreviver por tanto tempo? Os territórios controlados pelos Cromos Violeta, Vermelhos e Azuis não eram menos violentos do que o dos Cromos Pretos como eu dissera a mim mesmo, mas por mais que eu tentasse justificar minhas ações, elas não pareciam mais certas. Ah, sim... o olhar de choque e medo no rosto de meus amigos quando admiti ter matado Oris ficou marcado em mim. Eu sabia que eles me viram como um monstro.

De repente, os dançarinos Verdes pararam. Um dos cromos emitiu um zumbido baixo do fundo da garganta, que ecoou por todo o anfiteatro e foi amplificado por suas paredes curvas. Depois, foi a vez das cromos Verdes, que acenaram com uma resposta primitiva em um tom de guerra. Todos os outros cromos se uniram a eles até que o som não pareceu mais dissonante e se mesclou harmoniosamente em um grito longo, contínuo e alegre. Meu espírito se elevou com isso. De repente, Failan emergiu dentro do círculo. Enquanto ela se levantava, todos os outros se ajoelhavam.

A Sacerdotisa Verde cantou sua própria melodia, um estranho canto hipnótico, que sinalizava a todos os Cromos Verdes para deixarem o anfiteatro. Eles seguiram para a floresta, novamente, como se estivessem sob um feitiço. Muitos desapareceram nos arbustos; outros começaram a se despir e a se colorir com tintas corporais semelhantes às que Sylai e Cochlea nos mostraram, colocando ainda mais folhas por todo o corpo.

— Ora... isto está ficando interessante! — falou Daerec, abafando o riso.

Rimos entre nós para abrandar os nervos exaltados. Sob a lua cheia, pudemos ver quão lentamente os Cromos Verdes se camuflavam para que pudessem se tornar um com o ambiente que os cercava. Logo, não vimos mais nenhum deles. Era como se tivessem desaparecido bem diante de nossos olhos! Agora nós, Arlequins, éramos as únicas criaturas que restavam de pé no anfiteatro. Até mesmo Failan havia desaparecido. Somente os sons naturais da floresta preenchiam a noite. Os Cromos Verdes se escondiam tão bem que sua cidade parecia mais uma vez abandonada ao tempo.

— Incrível! — exclamou Aprin.

Palavras proferidas soavam como blasfêmias ali.

— Shiu! — sussurrei. — Vamos respeitar o rito deles e ficar em silêncio.

— Quanto tempo dura a Moxia? — sussurrou Yanetz. — Pois eu gostaria de falar com Sylai sobre colorir as costas dela.

— Não sei — respondi. — Vamos sair daqui e subir os degraus do templo. Não vamos perturbá-los lá.

Então, algo se moveu nos arbustos.

— Ah, falei cedo demais.

No entanto, apenas um cromo Verde se revelou. Ele não estava andando reto e quase caiu, como se estivesse ferido.

Era Astor.

— Ah, a Moxia! — berrou ele com os braços bem abertos. — A Moxia, a Moxia, a Moxia!

Astor cambaleou em um círculo bêbado.

— Vá em frente, esconda-se, Nação Verde! Tornem-se invisíveis, seus covardes!

— Ele enlouqueceu — disse Yanetz. — Vai arruinar a cerimônia!

— Nós não lutamos, ah, não! Nós somos Cromos Verdes, se você nos humilha, nós retribuímos com amor! Ha ha.

— A lua deve tê-lo deixado louco — disse Xai.

— Deve ter sido o hidromel de cerejas verdes — comentei.

— Saiam, irmãos! Revelem-se, irmãs! Não sejam tímidos! Os territórios não vão morder vocês!

— Precisamos fazer alguma coisa, Asheva! — disse Aprin.

Avancei em Astor para detê-lo, e, quando ele me viu, ficou genuinamente alarmado.

— Você! — vociferou. — Vou te matar! Assim, todos saberão que os Cromos Verdes também podem matar!

Ele pulou em cima de mim, mas tropeçou e caiu na lama.

Aproximei-me, sentindo um pouco de vergonha por ele. Astor tentou me atacar outra vez, mas seus reflexos eram lentos, e eu simplesmente me esquivei para o lado evitando-o.

— Você é um covarde — gritou. — Lute comigo!

Ele tentou se levantar, mas não conseguiu.

Eu me ajoelhei ao seu lado. Ele arfava e então virou o rosto para mim. Vi medo em seus olhos.

— Vá embora. Me deixe em paz, cromo Preto — disse ele. — Todos... me deixem em paz!

Claramente, todos os demônios dele enfim o haviam apanhado. Ele soluçou como um animal ferido.

— Odeio todos vocês.

Ele berrava entre as respirações agitadas. Coloquei minha mão em seu braço.

— Não odeio você, Astor.

— Sim, você odeia! Todos odeiam os Cromos Verdes, e nós odiamos vocês também!

— Você salvou minha vida — lembrei-lhe.

— Também tentei garantir que você morreria na Roda da Sorte.

Assenti com a cabeça.

— Você estava com medo de que os Cromos Azuis o colocassem na Roda por ter roubado minhas moedas. Você agiu por medo.

Ele arregalou os olhos.

— Sei o que significa perder os próprios amigos... ser um nômade — continuei, usando o mesmo tom que eu usaria para acalmar um animal selvagem. — Mas você não está entre estranhos aqui. Não precisa mais fugir.

Naquele momento, lembrei-me da sábia lição que Chtomio me ensinara junto ao mar: *Não tenha medo*, Asheva. *O medo pode dominar o mais forte dos cromos e o mais poderoso dos reis. Pode render o mais resistente dos espíritos.*

Se ao menos eu pudesse fazer Astor perceber que o medo envolvera seu espírito, outrora resiliente, e o estava consumindo vivo. Eu o ajudei a se levantar.

— Me solta.

Ele apertou minha mão e depois voltou para os arbustos.

— Esta tem sido de fato uma Moxia muito interessante.

Eu me virei. Failan apareceu atrás de mim de repente, sorrindo.

— Talvez você tenha mais coração, afinal de contas. A Deusa Mãe sempre age de maneiras misteriosas.

— Então a Moxia chegou ao fim? — perguntei, parcialmente aliviado.

— Ainda não — sussurrou ela. — Observe.

Todos nós, Arlequins, ficamos em silêncio, perto de Failan, sem ter certeza do que procurar.

Então, comecei a vê-los. Lentamente, os primeiros corpos começaram a emergir em silêncio da terra, ainda em transe, envolvidos pelo rito. Alguns realmente tiveram dificuldades para se levantar, como se o rito tivesse drenado toda sua energia.

— O fim da Moxia é como um novo nascimento para nós, um novo começo — comentou Failan. Ela sorria, mas tinha lágrimas nos olhos.

Assistimos como se a terra estivesse de fato devolvendo-os aos deuses, com uma nova vida. E, de certa forma, dado o que me esperava nos territórios, a Moxia parecia prometer que uma nova vida também estava reservada para mim.

CAPÍTULO 21

CESTIA

Naquela noite, depois da Moxia, as duas palavras fatídicas de Failan, fúria e amor, amor e fúria, não paravam de percorrer minha mente... repetidas vezes. Pensei nos meus últimos momentos com Chtomio, na torre de Samaris. Foi lá que aquele traidor cruel, o Ministro Oris, o apunhalou. Minha fúria pelo ato covarde tomara conta de mim até o ponto de se transformar em vingança, fazendo com que eu matasse Oris sem arrependimentos. Contudo, o sentimento não cessou ali, mas permaneceu comigo quando vi o corpo sem vida de Tiara. Também foi a fúria que me incitou durante o combate com os outros cromos na batalha do Capitólio Vermelho. Assim, lutei contra aqueles que eram da minha nação e contra o Reino Vermelho.

Lutei contra todos que portavam um escudo e uma espada. Rapidamente, me tornei parte daquilo que eu queria combater.

Failan estava certa. Houve muito derramamento de sangue e muitas mortes, mas isso não levou a nada.

Chega de fúria, pensei, chega de violência. Meu coração ansiava por paz e amor.

Amor.

Cestia.

Não se passou um dia sem que eu pensasse nela.

Ela me vira de pé ao lado do corpo de Chtomio, e foi fácil demais concluir que havia sido eu quem assassinara seu pai. Nenhum dos cromos Verdes sabia o que acontecera com ela. Eu pensava em seu jovem e macio corpo e em seus olhos anis: um profundo mar de compaixão e inteligência que eu ansiava explorar. A lembrança do seu cheiro era suficiente para me fazer revirar na cama até o amanhecer.

Desisti de minha última tentativa de dormir no chão macio do anfiteatro, debatendo-me até encarar as costas de Daerec, que roncava pacificamente. Eu o empurrei e disse:

— Acorda, Daerec!

Isso só o fez roncar mais alto.

— Acorda, Daerec, seu marcromo preguiçoso!

Daerec se virou e murmurou durante o sono:

— Nada de pesca hoje de manhã! Estou cansado de pescar!

Peguei uma tigela de tinta de camuflagem azul da Moxia e salpiquei-a em seu rosto. Ele agitou-se bruscamente e gritou:

— Tempestade à vista!

Meu riso o fez abrir os olhos. Ele levantou-se, furioso, mas eu não conseguia parar de rir.

— Vou matar você! — rosnou, e acho que na verdade ele falava sério.

Lutamos no chão até que ele ficasse sem fôlego.

— Você está ficando gordo, comendo todas aquelas cerejas verdes — afirmei. — Está na hora de colocarmos você em forma de novo, caminhando pelos territórios.

— Por quê? — perguntou. — Sou feliz aqui como nunca fui antes. Tenho frutas frescas para comer todos os dias e bons cromos que cuidam de mim.

— Isso é porque a Sacerdotisa deles tem gostado cada vez mais de você — respondi.

— O... o quê? — gaguejou ele, fingindo-se de bobo. — Você não sabe o que está dizendo!

Foi realmente patético. Seu rosto vermelho sempre o denunciava.

— Ah, não? — provoquei. — Então por que os únicos dois cromos que recebem cerejas verdes todos os dias são você e ela?

Ele rapidamente mudou de assunto.

— Muito bem, aonde você quer ir?

— Tenho que encontrar Cestia — respondi. — E preciso da sua ajuda.

Ele me olhou bem nos olhos, mas não disse uma palavra. Tive que pressioná-lo para obter uma resposta, o que não era habitual em nosso modo de interagir um com o outro.

— Não sei se seria bom se eu desse as caras — admitiu ele finalmente, vendo como a relutância em me dizer isso fazia eu me sentir. — Ela representava tudo contra o que eu lutei em Samaris. Prefiro matá-la do que salvá-la, se você quiser saber a verdade.

— Você não sabe o que está dizendo! — protestei. — Ela não é o que você pensa.

Lembrei-me de como Cestia falara, de seu desdém pelo sistema de castas Vermelho durante a Festa das Velas. Tentei contar a Daerec sobre o desejo dela de abolir tudo aquilo e levar a classe mais baixa de janis para Samaris. Ela pretendia dar-lhes o mesmo status.

— Ela poderia ter se tornado uma grande Rainha Vermelha e teria mudado as coisas.

— Ah! É claro! Quando eles são jovens, são todos como nós, certo? Todos são a favor de mudar as coisas, de fazer as coisas certas. Então, de repente... você dá poder a esses cromos e veja o que acontece! Tudo muda. De repente, eles não têm mais tempo para ajudar os necessitados. Não quando é mais importante cuidar das cerimônias e continuar molhando as mãos dos ricos para manter a cidade funcionando!

As palavras de desdém de Daerec me fizeram pensar em Chtomio, que desistira de tentar combater o cruel sistema de castas Vermelho.

— Conheço esses cromos, Asheva! — continuou. — Eles são todos iguais! Se ela tivesse a chance, acabaria governando tal como seu pai e avô fizeram antes: governar o Reino Vermelho com a mão fechada e manter os janis do lado de fora das muralhas da cidade. Sabe de uma coisa? Estou *feliz* por ela vagar pelas terras sem um reino e sem poder. Isso vai lhe ensinar uma ou duas coisas sobre como outros cromos Vermelhos foram forçados a viver. E se alguém atacar e matar Cestia, bem... com certeza, não vou chorar por sua perda.

— Você não pode julgar os outros por erros que ainda não cometeram.

Nós dois ficamos em silêncio por um instante. Xai, Yanetz, Aprin e Rovyul ainda não tinham acordado. Eu suspeitava que eles fingiam estar dormindo e, na verdade, estavam ouvindo a conversa.

— O que você vai fazer quando encontrar Cestia? Vai ficar com ela? — Daerec perguntou.

Devo confessar que não tinha a resposta para essa pergunta. Ou melhor, tinha, mas não queria admiti-la.

— Seu rosto diz tudo — disse Daerec, com um sorriso malicioso.

Naquele momento, foi minha vez de corar.

— Seus sentimentos fariam você dar preferência a ela e nos deixar de lado.

Sentei-me no chão e olhei para longe dele, concentrando-me em algumas escadas em ruínas, em um esforço para me acalmar. Não queria me zangar com meu amigo por ter exposto uma verdade oculta.

— Há algo que você precisa saber, Daerec — falei. — O pai de Cestia salvou minha vida.

— Do que você está falando?

— Chtomio, o arlequim que me ajudou a sobreviver à provação da Roda em Ayas, arriscou a própria vida pela minha. Ele era, na realidade, Quadrio, seu Rei Vermelho.

Falei com meu amigo sobre o dilema moral do sistema de castas Vermelho que assombrava seu antigo Rei, sobre como, quando o conheci apenas como Chtomio, ele viajou pelos territórios sob o disfarce de um humilde comerciante para estudar o cenário político e descobrir a verdade por si mesmo. Ele era um cromo bondoso e inteligente que nunca esperava uma recompensa ou favor em troca de seus cuidados. Também dei a Daerec os detalhes de minha última discussão com ele, revelando seu maior desejo para que nenhum segredo nos dividisse: Chtomio se dedicara, nos últimos meses de sua vida, a iniciar um movimento subversivo de arlequins, no qual ele tinha esperança de que libertasse a todos das algemas das cores.

Ficamos sem falar por um tempo depois disso, mas eu sabia que Daerec estava refletindo de verdade, tentando dar sentido a tudo. Daerec não era como os outros. Ele era astuto e absorvia novas ideias rapidamente.

— Você acredita em mim? — perguntei enfim.

— Se tivesse me contado tudo isso em Samaris, eu provavelmente não teria acreditado — admitiu em voz baixa —, mas depois de todas as coisas que nos contou sobre arlequins e sua história real, e todas as coisas que eu vi desde nossa fuga, eu seria um tolo se não acreditasse.

— Você virá comigo então? — perguntei.

Por que você precisa de mim?

— No caso de um de nós morrer, o outro pode voltar e liderar os demais.

— Você quer deixar os outros aqui?

Daerec não compreendeu muito bem a honra que eu queria conceder a ele.

— Você quer ir sem nós?

Yanetz parou de fingir que dormia, e Xai fez o mesmo, assim como Aprin e Rovyul.

— É algo que eu preciso fazer — expliquei a todos. — Só tem a ver comigo. E eu me recuso a arriscar a vida de vocês por isso.

— Mas você *vai* voltar — disse Yanetz.

— Vou me certificar de que ele volte — respondeu Daerec. — Não quero ser o líder. Não sou assim tão convencido.

Ele me deu tapinhas nas costas, e eu fiquei feliz que tivesse me ouvido, afinal de contas.

E então... a parte mais difícil de deixar Everdia não foi convencer meus irmãos arlequins a permanecer na cidade Verde. Não... a parte mais difícil foi afastar Daerec de Failan.

Ela desviou o olhar quando lhe dei a notícia.

— Você não precisa ir, meu jovem amigo — suplicou ela com calma a Daerec. — Tenho certeza de que Asheva pode cuidar de si mesmo. A Deusa Mãe me diz que ele estará de volta e que podemos aguardar seu retorno juntos.

— Bem, meu instinto me diz que ele não voltará inteiro a menos que eu vá junto — disse Daerec, claramente feliz em se libertar das atenções da Sacerdotisa.

Olhei mais adiante deles. Astor dirigia-se com cuidado ao nosso pequeno grupo. Ele não disse nada, mas me deu um simples aceno de cabeça, ao qual retribuí.

Antes de sair, Failan nos presenteou com uma pequena bolsa de pós coloridos, como os que as crianças Verdes usaram na Moxia.

— Por favor, considerem este presente como um lembrete de que a Deusa Mãe está em todos os lugares que vocês forem e sempre estará pronta para protegê-los.

Então, ela chamou dois animais peludos, do tamanho de um boi, com um assobio.

— Estes são kerburs treinados — disse ela. — Eles levarão vocês para a fronteira do território Verde mais rápido.

Embora os dois animais tivessem uma pelagem cinzenta e espessa como uma armadura e um chifre longo afiado acima do focinho, eles me lembraram os javalis que caçávamos em Axyum.

Depois de nos despedirmos, logo montamos nos animais, que nos carregaram pela floresta com uma velocidade surpreendente.

Tanto eu quanto Daerec quase caímos várias vezes, e tive que me abaixar para evitar ser atingido pelos galhos que passavam perto da minha cabeça.

Eu olhava para Daerec para ver se ele ainda me seguia. Seu rosto parecia uma máscara de pavor tão cômica que eu poderia ter rido, mas não tinha dúvida de que compartilhava a mesma expressão.

— Asheva, cuidado! — gritou ele.

Desviei a tempo de ver um tronco de árvore espinhoso bloqueando nosso caminho.

— Pare! — berrei para o kerbur, mas já era tarde demais.

Fechei os olhos e me agarrei o máximo possível ao corpo do animal. A próxima coisa que ouvi foi um som monótono, como um pedaço de madeira sendo partido ao meio. Abri os olhos, surpreso ao me encontrar ainda em cima do kerbur, que agora tinha um grosso tronco de árvore espetado no chifre, e o que sobrou do tronco estava em pedaços atrás de nós. Por fim, os animais abrandaram para um trote por vontade própria, parando para beber água de uma poça da floresta.

Tudo o que eu e Daerec podíamos fazer era aguentar o restante do passeio turbulento até enfim chegarmos ao fim da floresta ao entardecer. Os kerburs teimosamente pararam assim que avistaram as planícies ondulantes e as gramíneas que marcavam o início do território Azul. Eles fungaram e se balançaram, insinuando, delicados como o coice de um cavalo, que devíamos descer de suas costas. Depois, revigorados como se não tivessem corrido, voltaram para a floresta e desapareceram rapidamente entre os arbustos.

Eu e Daerec nos entreolhamos, mais uma vez com expressões idênticas de dor e espanto pela experiência horrível que tivemos.

— Nunca mais! — resumiu Daerec.

— Sim — concordei.

Pensei que todos os ossos do meu corpo haviam se quebrado.

Estávamos muito cansados para acender uma fogueira e por isso decidimos deitar-nos e esperar o sono chegar, mas não conseguir dormir. Eu me sentia inquieto. A ideia de vagar pelos territórios novamente lembrou-me o que eu perdera quando deixei Axyum pela primeira vez. Essa viagem inicial parecia apenas parte remota do meu passado. Naquela época, eu era um jovem cromo Preto, sabendo somente o que os Cromos Pretos queriam que eu soubesse. Eu vira um cromo ser falsamente acusado e enforcado por ser um arlequim na praça da minha cidade. Eu me tornara um Arlequim, o pior pesadelo da minha juventude e, ao fazer isso, descobri muitos horrores sobre os territórios. Tanto que parecia melhor permanecer escondido no escuro.

De qualquer forma, eu ainda era um fugitivo.

— Você está dormindo? — perguntou Daerec.

— Não — respondi.

— Alguma ideia de onde ir quando amanhecer?

Delineei meu plano para ele.

— Não entendo — disse, com uma voz sonolenta. — Você quer ser visto por todos, sem máscara e manto, para que saibam que você é o Arlequim Vermelho? Ou você é o cromo mais arrogante que já conheci ou o mais louco.

— Há uma explicação para minha loucura — justifiquei. — Quanto mais cromos nos virem, mais fácil será para Cestia ouvir sobre isso e nos encontrar.

— Certo... e isso é bom porque ela acha que foi você quem matou o pai dela e, por isso, quer lhe matar — ponderou ele. — Faz sentido para mim.

— Faz sentido para mim também — respondi, sorrindo de forma irônica.

— Supondo que ela ainda esteja viva, como você planeja convencê-la de que não matou o pai dela?

— Contando a verdade.

— Ela pode não acreditar em você — disse ele. — Aliás, até eu acho difícil acreditar em você!

Então, em um tom mais leve, acrescentou:

— Assim, pela sua lógica, para encontrar Cestia, deveríamos ser loucos o suficiente para correr pelos territórios revelando que somos arlequins para qualquer cromo que tivesse um prazer particular em matar arlequins.

— Precisamente — respondi, mas no fundo eu sabia que, se Cestia fosse parecida com o pai, ela nos encontraria mais cedo do o esperado.

Por um instante, meus pensamentos se voltaram para Chtomio, lembrei do seu desejo de unir os territórios e sua ideia insana de me tornar o Grande Ancião dos Cromos Pretos. Sorri e murmurei para mim mesmo:

— Você precisa descansar, arlequim, pois logo todos que encontrar vão querer sua cabeça como troféu.

Olhei de relance para Daerec, que já roncava.

Na manhã seguinte, antes de sair da floresta, pintei meu rosto de branco-giz e vermelho-sangue com os pós que os cromos Verdes nos deram de presente. Também tingi nossas vestes de muitas cores: amarelo, azul e vermelho, assim como verde e preto, dando-lhes a aparência da manta de retalhos de arlequim que eu fora obrigado a usar em Ayas. Naquele instante, tive certeza de que ninguém nos confundiria com cromos normais.

Começamos nossa jornada caminhando nas profundezas das vastas Planícies Azuis. Eu olhava para o céu acima de nós, vendo dois enormes bandos de andorinhas se reunirem. Eles bloquearam o sol antes de se separarem novamente, dançando juntos no céu. Por um instante, pensei como seria bom dançar com Cestia, em Samaris. Nós nos moveríamos sinuosamente juntos, nossos corações batendo como um.

Passar através de um campo de trigo me trouxe de volta à realidade. O trigo estava alto e maduro para a colheita, dessa forma, fazer qualquer progresso era realmente difícil, mas eu e Daerec determinamos que seria melhor para nós se nos mantivéssemos fora das estradas. Infelizmente, não passara tempo suficiente antes que os primeiros cromos Azuis nos avistassem.

Eram fazendeiros, ocupados em colocar a colheita em várias carroças alinhadas nos campos. Eles nos cumprimentaram de longe.

— Vamos nos aproximar mais deles — sugeri.

Quando chegamos perto, viram que não usávamos máscara alguma. Eles pararam o que estavam fazendo para nos olhar e fazer comentários.

Daerec curvou-se com um floreio e proclamou:

— Vejam e contemplem! O Arlequim Vermelho!

O efeito foi imediato. Os fazendeiros largaram seus forcados e correram para se salvar, deixando para trás as carroças e os cavalos.

— Ei! Estou começando a gostar disto — disse Daerec.

Depois, zombando de mim, curvou-se mais uma vez.

— Quem devemos assustar a seguir, meu senhor?

— Os comerciantes na Canceriana — respondi.

— Para a Canceriana, então — disse ele.

A Canceriana era uma estrada enorme e bem movimentada, sempre repleta de cromos que percorriam os territórios, desde a cidade Amarela ao norte até as Planícies Azuis ao sul. Mesmo de onde estávamos, podíamos ver a imponente pirâmide anil de Ayas, onde muitos cromos iam para vender ou comprar mercadorias e fazer fortuna. Naquele momento, um grupo de cromos Violeta cruzou nosso caminho. Três deles vinham em uma carruagem posta à frente de uma de suas casinhas sobre rodas. Eu me lembrei de desfrutar da companhia de um casal de cromos Violeta itinerantes, chamados Jhute e Zimdie, que brevemente dividiram sua casa comigo. Eles, como todo cromo pertencente à sua estranha nação, modificaram os próprios rostos, usando uma série de aparelhos, até se tornarem pavorosos. Todos os Cromos Violeta estavam convencidos de que essa era a única maneira de alcançar uma verdadeira forma de beleza que ninguém mais entendia. No início, fiquei contente por Jhute e Zimdie usarem máscaras depois de tê-los visto sem elas. Porém, ao conhecê-los melhor, não me concentrei mais na aparência, mas apenas em como eram amáveis comigo.

Aquela casa era maior do que a de Jhute, de modo que poderia acomodar uma família inteira. Os excêntricos Cromos Violeta eram conhecidos pela paixão por viajar pelos territórios, procurando incessantemente as flores e as ervas raras necessárias para fazer seus perfumes impecáveis. Além do trio na carruagem, eu e Daerec contamos seis montando a cavalo e mais dois sobre o telhado da casa móvel.

— Ah, novos ingênuos para nossa diversão — riu Daerec.

E, sem esperar por mim, ele partiu em direção a eles, apresentando-se e curvando-se de forma jocosa.

— Vejam e contemplem! Abram alas para a criatura mais infernal de todas... O Arlequim Vermelho! — exclamou.

Os cromos Violeta apenas olharam para Daerec, que deu de ombros em minha direção, intrigado.

— A audição de vocês não é tão boa quanto o olfato? — zombou ele.

Desembainhei minha espada para impressioná-los, mas isso não gerou nem mesmo um piscar de olhos. A única coisa que os cromos Violeta fizeram foi mudar de rumo e vir devagar em nossa direção, impassíveis.

— Algo não está certo — murmurei.

Daerec estava agora muito próximo a eles.

Tremam de medo, cromos Violeta! Direi mais uma vez, este é... o *Arlequim Vermelho*!

— Daerec! — gritei. — Volte, depressa!

Ele virou-se para mim.

— O quê?

De repente, dois dos cromos Violeta a cavalo galoparam diretamente para o meu amigo, ameaçando atingi-lo. No último segundo, jogaram uma rede sobre ele. Os outros quatro pegaram os arcos de baixo de seus mantos e começaram a cavalgar na minha direção.

Eu me abaixei rente ao chão para me esconder no trigo, rastejando para longe do último ponto em que me viram.

— Arlequim! — berrou um deles.

Era a voz de uma cromo. O melhor de tudo, a única voz que eu reconheceria entre mil outras.

Cestia!

— Saia ou mataremos seu criado! — gritou ela.

— Não sou criado dele — retrucou Daerec.

Depois, ouvi um grito. Era Daerec novamente, e percebi que daquela vez era um grito de dor.

— Ai! Minha perna! Minha perna! O que você fez! Ah, vou matar você por isso, sua arrogante, mimada! Minha perna!

Levantei-me em um salto. Daerec cambaleou para trás, segurando o eixo de uma flecha lançada em sua coxa esquerda. Meu amigo estava cercado por todos os seis cromos a cavalo. Eu podia ver que um dos cromos Violeta tinha cabelos longos, brilhantes e preto-azulados como as asas de um corvo. Sim... ninguém menos do que minha amada Princesa Vermelha atingira Daerec. Tarde demais, percebi, como um tolo, que todos eram cromos Vermelhos disfarçados. Eles apontaram suas flechas em minha direção.

— Corra, Asheva! Não deixe que peguem você! Corra!

Não dei ouvidos a Daerec. Em vez disso, caminhei lentamente até Cestia e seus guardas, largando minha espada, tirando minha adaga e também colocando-a no chão.

— Soltem ele! — gritei. — É a mim que você quer, não a ele.

Quando eu estava perto o suficiente, percebi que Cestia usava uma máscara branca com uma listra vermelha nas fendas dos olhos. Seus cabelos negros tremulavam ao vento de forma selvagem.

— Ajoelhe-se! — ordenou ela.

Eu a obedeci.

— Princesa Cestia, preciso...

Não consegui terminar a frase porque ela me chutou no rosto com violência, fazendo com que sangue jorrasse da minha boca. Então, levei um chute no estômago. Os demais cromos Vermelhos riram.

— Por favor... preciso falar com você... — disse, engasgando-me com as palavras.

— Silêncio! — gritou ela.

Ela caminhou ao meu redor, como uma besta enfurecida, pronta para atacar.

— O Arlequim Vermelho — falou ela, em um tom de desprezo. — Que tipo de criatura você é afinal?

— Me deixe falar — respondi, mas minhas palavras foram imediatamente seguidas por outro chute, daquela vez nas costelas.

— Falar? — zombou. — Falar? Você matou meu pai e acha que eu quero falar com você? Samaris está destruída por sua causa!

Sua voz tremulou de tristeza, mas ela se esforçou para não chorar.

— Não matei seu pai — disse. — Ele era meu amigo, e eu o amava.

— Calado! — berrou.

Ela me deu mais um chute truculento.

— Ele veio à sua procura! — protestou Daerec. — Por que outra razão você acha que estaríamos andando por aí, tentando nos fazer ser notados desta maneira?

— Atirem outra flecha nele — ordenou Cestia.

Um dos guardas preparou seu arco e apontou para o coração de Daerec.

— Não, espere! — supliquei. — Eu imploro, deixe meu amigo em paz. Deixe-o em paz. Ele não é culpado por minhas ações!

— Não importa. Eu mesma vou atirar nele — disse ela ao guarda.

— Eu nunca poderia ter matado seu pai! — falei. — Ele era um arlequim!

Isso chamou sua atenção. Ela ajoelhou-se perto de mim e pude ver seus olhos anis queimando sob as fendas de sua máscara.

— Diga isso... outra vez.

— Seu pai era um arlequim. Ele me ensinou tudo sobre...

Ela sacou uma adaga e me apunhalou na perna com toda a força que conseguiu reunir. Gritei como se uma dor excruciante crescesse dentro de mim.

Cestia ficou de pé e disse aos soldados:

— Amarrem os dois. Quero enforcá-los em nossa terra, para que meu pai possa ao menos sorrir de sua tumba pela justiça que levei a estes malfeitores.

— Não é seguro voltar ao Reino Vermelho, minha Princesa — respondeu o guarda mais próximo a ela.

— Não me importo — retrucou. — Enforcaremos este assassino perto do túmulo de meu pai, mesmo que seja a última coisa que eu faça. Coloquem os dois dentro da carroça.

Ela montou no cavalo, acrescentando:

— E certifiquem-se de que eles não sangrem até a morte antes do enforcamento. Quero que estejam vivos e conscientes quando o laço da forca quebrar o pescoço deles.

Os guardas removeram a flecha da perna de Daerec, enfaixaram nossas feridas e depois nos amarram como dois porcos prontos para serem assados. Eles nos jogaram para dentro da casa sobre rodas, que estava cheia de armas, bateram a porta com força e a trancaram. Obviamente, eles tinham tanta certeza de que não conseguiríamos nos livrar das cordas que não estavam nem um pouco preocupados em nos manter presos em meio a tantos instrumentos úteis para nossa defesa.

— E agora, milorde? — sussurrou Daerec.

— Agora esperamos — respondi.

Naquele momento, a porta foi destrancada para Cestia entrar. Ela se sentou em uma mesa no momento em que a casa começou a andar.

— Ótimo — disse Daerec. — Justamente a companhia que precisávamos.

Cestia permaneceu em silêncio, limpando meu sangue da adaga. Ela não havia tirado a máscara, mas eu podia sentir seus olhos envenenando Daerec. Ninguém falou por um tempo, até que Daerec voltou-se para mim e disse:

— Você está feliz agora?

Não respondi. Olhei para Cestia, e ela me retribuiu o olhar com ousadia.

— Agora que estamos todos aqui, você poderia dizer a ela.

Cestia fingiu não ouvir Daerec e continuou limpando a adaga.

— Vá em frente, fale — insistiu Daerec. — Vamos ver se ela realmente é diferente do resto das ratazanas nobres que infestaram Samaris!

Assim que ele pronunciou essas palavras, Cestia colocou a adaga debaixo de seu pescoço.

— Eu poderia simplesmente matá-lo agora — sibilou ela. — Afinal, estou atrás dele, não de você.

Pelo tom de voz, eu sabia que Cestia falava sério.

— Fale! — insistiu Daerec. — Diga que ela é a razão pela qual saímos do esconderijo e viemos às Planícies Azuis.

— Ah, então você veio à minha procura? Isso é estranho, porque eu acho o contrário.

— Bem, você está errada! Seu pai salvou a vida dele na cidade Azul de Ayas — disse Daerec. — É por isso que *nós* viemos à *sua* procura.

Essa informação pareceu ter despertado o interesse da Princesa.

— Como ele teria feito isso? — perguntou ela. — Ainda mais no território Azul.

Eu a observei por um instante, tentando reconciliar minha memória da cromo afetuosa e educada com aquela felina raivosa sentada diante de mim. Não era que eu não entendesse como Cestia se sentia ou como eu deveria parecer culpado: eu só queria acreditar que ela seria receptiva o suficiente para ouvir meu lado da história porque ela também sentia algo por mim. Meus sentimentos por ela haviam definitivamente corrompido meu senso natural de cautela, e naquele momento eu não queria que Daerec pagasse se eu cometesse um erro. Respirei fundo e comecei a contar a história de como conheci Chtomio.

— Seu pai mudou após a morte de seu irmão. Ele desejava unir os territórios e queria fazer as coisas do jeito certo. Ele viera disfarçado a Ayas para devolver as máscaras dos guerreiros Pretos mortos à minha antiga nação como um sinal de paz. Foi assim que nos conhecemos.

— E eu devo acreditar em uma história tão louca? — respondeu ela secamente. — Que o Rei dos Cromos Vermelhos andava por aí disfarçado, chegou em Ayas e salvou a vida de um arlequim miserável? Estes são realmente os tipos de truques que vocês, Arlequins, são conhecidos por usar contra os cromos? Contar mentiras estúpidas e sem sentido? Porque se é isso nós superestimamos muito seus poderes.

— Pense nisso, Princesa. Como eu saberia da morte do seu irmão? Como o Ministro Oris poderia ter ficado com tanto poder? Alguém precisou governar enquanto o Rei Quadrio esteve fora por meses, e o maior erro de seu pai foi confiar nele.

Ela revirou os olhos em descrença e afastou-se de nós, como alguém enojado por um cão doente.

— A morte do meu irmão não é novidade para os outros da minha casta. Meu pai sabia delegar responsabilidade, embora eu concorde que confiar em Oris foi um grave erro de julgamento. Mas ele nunca mais foi o mesmo depois que meu irmão morreu, então nem todas as escolhas dele foram sábias.

Foi então que notei um objeto cilíndrico pendurado na parede. Era algo que eu já vira antes, nas mãos de Chtomio.

— Está vendo aquele escópio? — perguntei. — Reconheço-o como aquele que pertencia a seu pai.

— E daí?

— Ele me mostrou o truque — disse.

— Que truque?

Daquela vez, até mesmo Daerec olhou para mim com curiosidade.

— Sim, que truque? — repetiu ele.

— O que pode fazer você mudar a cor de seu cromo. Certamente, você também já o viu — considerei.

— Como você pode mudar a cor de seu cromo ao mesmo tempo em que insiste que não temos cor? — protestou Daerec.

— Esse é o truque — expliquei. — É para isso que serve o escópio. Para que você acredite que tem a cor cromática dentro de você.

Cestia olhou para o objeto cilíndrico, pegando-o de forma hesitante. Foi quando percebi que ela nunca olhara dentro dele, logo, Quadrio não deve tê-lo mostrado à filha.

— Você nunca o usou, não é mesmo? — perguntei.

— É claro que usei — retrucou.

Ela apontou-o para mim e para Daerec e espreitou pelo cilindro. Pude perceber, desde o momento em que olhou pelo objeto, que ela ficou surpresa.

— O que você vê? — indaguei.

— O que eu esperava ver — respondeu, calmamente.

Nosso transporte parou, e um dos guardas Vermelhos entrou na casa.

— Há soldados Pretos à frente, minha Princesa — relatou ele.

Ela assentiu com a cabeça e depois virou-se para nós.

— Muito bem, supondo que você esteja me dizendo a verdade, só há uma maneira de provar: ficando em silêncio enquanto passamos pelas fileiras dos Cromos Pretos.

Ela fixou os olhos em mim.

— Pode fazer isso?

— Sim — respondi.

Estava tão ansioso pela oportunidade de provar minha sinceridade quanto esperançoso de não a ter julgado mal.

— Agora é você que está nos enganando, Princesa — lamentou Daerec. — Quer que fiquemos quietos para que possamos passar pelos soldados Pretos e seguir felizes até nossa morte em Samaris.

Em resposta, a voz de Cestia voltou a soar fria:

— Muito bem, então. Você escolhe: ou morre aqui neste exato momento ou dá a si mesmo mais um pouco de vida até chegarmos a Samaris.

— Que opções ótimas! — ironizou Daerec. — Já me sinto em casa mais uma vez: um janis com assistencialismo garantido pelas mãos seguras de uma ashi Vermelha.

— Ficaremos calados — assenti.

Secretamente, senti um vislumbre de esperança porque ela não deu a Daerec o tipo de resposta arrogante, tão popular à sua nobre posição, que o faria sentir-se pequeno.

— Assim você diz.

Ela saiu do vagão, deixando Daerec e eu sozinhos. Enquanto a carroça avançava, Daerec murmurava:

— Além de estarmos amarrados como caças… logo seremos mortos pelos soldados Pretos! Felizmente, seu bom amigo Daerec tem um plano.

— Shiu! — sussurrei.

Eu queria ouvir o que aconteceria lá fora. Não era comigo que eu estava preocupado, mas com Cestia. Enquanto isso, Daerec conseguiu sair de sua cadeira e caiu de bruços, movimentando-se como uma lesma gigantesca para cima e para baixo no chão áspero.

— Vai me ajudar ou não? — perguntou ele.

Sacudi a cabeça e concentrei-me nas vozes abafadas do lado de fora. À medida que se aproximavam, comecei a distinguir os tons agudos e acentuados dos cromos Pretos daqueles de nossos captores.

— Parem, cromos Violeta. O que vocês estão levando? — disse a voz grosseira do cromo Preto encarregado.

— Sedas para revender em Crodya. — respondeu alguém.

Eu podia ouvir os cavalos dos cromos Vermelhos relincharem e baterem os cascos. Estavam nervosos, ou seja, não era um bom sinal. Enquanto isso, Daerec encontrara uma maneira de segurar uma faca com a boca. Ele balançou a cabeça freneticamente para chamar minha atenção.

— Seda, é? — prosseguiu o cromo Preto. — Deve valer muito em Crodya.

Então, ouvi Cestia dizer:

— Não queremos problemas. Diga o quanto você quer para nos deixar seguir nosso caminho e pagaremos com prazer só para afastar suas máscaras feias da nossa vista.

Naquele instante, ela pareceu altiva.

"Não, não", pensei comigo mesmo. Ela pode ter sido uma princesa, mas obviamente não sabia muito sobre os Cromos Pretos. Como eu esperava, o tom do comandante Preto encheu-se de raiva.

— Diga seu preço! Vocês ouviram isso, irmãos? Esses cromos Violeta pensam que podem nos comprar, sem mais nem menos!

Eu podia ouvir o som de mais cavalos se aproximando. Mais do que depressa, me coloquei perto de Daerec para que ele pudesse cortar minhas cordas.

— Eu lhe direi qual é nosso preço!

— Então, fale logo! — disse Cestia.

— Fale logo! — repetiu o cromo Preto, imitando-a. — Bem, agora, o que temos aqui? Uma rainhazinha Violeta. É assim que ela trata todos vocês, cromos? Não é de admirar que tudo que vocês, Cromos Violeta, fazem em sua terra esquecida seja brincar com as sedas e os perfumes das cromos!

— Basta! — disse um dos oficiais de Cestia. — Diga o preço e nós pagaremos.

Finalmente, senti minhas cordas se soltarem. O rosto de Daerec brilhava com o suor do esforço de me libertar. Ele descansou enquanto eu desatei suas cordas.

— Que tal isto? — disse o cromo Preto. — O tributo digno que você pagará por nossa proteção são seus cavalos, sua carroça e sua cromo arrogante.

— Você vai mostrar respeito!

Ouvi alguém dizer, seguido de um grito e de um baque.

— Seus monstros! — praguejou alguém.

A conversa parou, interrompida pelo choque e pelo tilintar das espadas de aço. Uma batalha desagradável seguiu-se em volta da casa móvel. As paredes sacudiram com a força do conflito, fazendo-nos cair.

— Rápido, Daerec! — eu disse.

Felizmente para nós, havia uma abundância de espadas, e eu agarrei as duas mais próximas à mão. Minhas narinas se alargaram. Uma sensação muito familiar de entusiasmo violento impregnou meu corpo. A raiva que eu guardara dentro de mim eclodiu. Amor e fúria. Fúria e amor. Naquele instante, só havia fúria.

Eu irrompi pelos fundos da casa móvel, apanhando os guerreiros de surpresa. A primeira coisa que vi foi a cabeça de um dos cromos Vermelhos. Ela veio rolando através das pernas de um cavalo. Pulei sobre o cavalo do cromo Preto mais próximo de mim, aproveitando o elemento-surpresa.

— O que... — suspirou ele.

Claramente, ele não esperava que ninguém saísse daquela casa, muito menos um arlequim. Eu o empurrei de sua sela e, antes que ele pudesse entender o que acontecia, lhe decepei a cabeça. Satisfeito, eu a vi rolar até parar ao lado da cabeça do guarda Vermelho morto. Os olhos do cromo Preto ainda estavam arregalados em choque.

— Um arlequim! Há um arlequim aqui! — gritou outro cromo Preto, afirmando estupidamente o óbvio.

Esse guarda Preto atraiu uma horda de soldados, seus companheiros, que vieram até os fundos da casa móvel. Eles hesitaram quando me viram, e eu usei o momento de medo como outra vantagem para atacar suas fileiras. Infelizmente, eles se recuperaram rápido e me cercaram.

Controlei meu cavalo para impedi-lo de galopar, esperando que Cestia percebesse que eu não pretendia abandoná-la. Foi então que Daerec saltou para a carruagem e virou a carroça para outra investida aos cromos Pretos. Na confusão, ele pulou e chegou até meu cavalo, colocando a perna sobre a sela e se puxando para cima, atrás de mim.

— Você fez sua boa ação! Agora vamos embora! Esta guerra não é nossa!

Procurei Cestia e vi que ela lutava de pé, assim como os melhores de seus guerreiros. Com a espada, ela também carregava uma bolsa cheia de facas de arremesso, várias das quais ela apontava com precisão mortal para os adversários. No entanto, a Princesa e seus dois guardas restantes estavam desesperadamente em desvantagem numérica, além de estarem cercados por uma dúzia de cromos Pretos.

— Vamos embora ou seremos mortos com eles! — insistiu Daerec.

Não pensei, apenas agi. Apontei a espada para o cromo Preto com quem Cestia lutava, saltei do cavalo, fui até ele e a cravei em seu peito. O sangue dele espirrou sobre mim como chuva. Algumas gotas entraram em minha boca, e o gosto de ferro incendiou ainda mais minha raiva. Urrei um grito de guerra dos Cromos Pretos.

Os cromos Pretos que lutavam contra Cestia e os guardas Vermelhos voltaram-se todos ao mesmo tempo para mim. Eles sentiram-se tanto surpresos quanto insultados por eu conhecer o grito de guerra deles. Dois soldados me atacaram com lanças longas. Um foi derrubado de sua sela pelo cavalo de Daerec. Quanto ao outro, usei um movimento defensivo que eu aprendera com Chtomio para esquivar-me dele e evitar a morte. Quando ele passou, cortei seus tendões com um golpe rápido da minha espada.

Meu inimigo desmaiou em agonia. Passei por cima dele para me dirigir aos soldados restantes. Enquanto isso, ainda mais guardas Pretos cavalgaram em auxílio dos companheiros. Eles nos superavam em número, e provavelmente teríamos morrido lá se não fosse por um evento inesperado. Foi um daqueles raros e fatídicos momentos, tão pequenos e, no entanto, tão poderosos, que mudariam, com o tempo, o destino dos territórios para sempre.

Nenhum de nós notou o pequeno, mas crescente, grupo de comerciantes nos observando em segurança da estrada Canceriana. Quando nossa luta chegou ao clímax, eles correram para se esconder entre os arbustos. A covardia deles me deixou furioso. Gritei para eles:

— É isto que querem? Que estes cromos Pretos invasores destruam e decidam o destino de vocês? Não estão cansados de viver como escravos?

Em resposta, algumas rochas foram arremessadas nos guardas Pretos, atingindo os cavalos. Os animais recuaram aterrorizados, enquanto mais pedras os atingiam como chuva. Os comerciantes, empolgados, começaram a jogar qualquer coisa em que pudessem colocar as mãos: paus, talheres, máscaras pesadas...

— Vão embora! — gritaram eles para os cromos Pretos. — Voltem para Axyum!

Os guardas Pretos foram surpreendidos. Eles se reagruparam e decidiram responder com uma ofensiva total contra os comerciantes, que fugiram mais uma vez. Eu sorri quando me virei para enfrentar os guardas restantes. Entretanto, o sorriso foi apagado de meu rosto quando vi que nem Cestia nem seus dois guardas restavam de pé. Os cromos Pretos ergueram as espadas para comemorar.

— O que vocês fizeram? — berrei.

— O que faremos com você, arlequim! — vociferou o líder deles.

Eram seis deles e dois de nós. Peguei uma das lanças e atirei-a em direção a um, atingindo-o em um ponto vital entre as costelas, e a pesada ponta de ferro perfurou suas costas.

Havia, então, cinco cromos Pretos de pé. Daerec derrotou outro, cortando seu ombro até uma artéria. Quatro à esquerda. Dois saltaram para cima de mim, mas eu rapidamente rolei no chão e usei minhas pernas para derrubá-los. A dor na minha coxa machucada era intensa. Cerrei os dentes quando comecei a sangrar de novo. Ao ver o sangue, um deles me provocou:

— Então os Arlequins também sangram.

Naquele momento, ele caiu. A faca de Daerec estava fincada em seu pescoço. O outro balançou a espada em direção à minha perna ferida, mas fui mais rápido: eu o segurei ao enfiar a ponta de minha arma através de sua máscara até perfurar seu crânio.

Ainda restavam dois, mas eles fugiram. Não me importei. Cambaleei pela pilha de corpos mortos e mutilados estirados no chão até que avistei o único que me importava. A máscara de Cestia não era mais branca, mas vermelha e ensanguentada.

Eu a removi suavemente com minhas mãos trêmulas. Embora seus olhos estivessem fechados, ela estava mais bonita do que eu ousava imaginar. Seus longos cílios pretos e seus lábios rubros se destacavam em sua pele branca como a neve.

— Ela está morta, Asheva — disse Daerec ainda ofegante da luta. — Não há nada que você possa fazer.

Ajoelhei-me perto dela e acariciei gentilmente seus cabelos. Pude ver que tinha duas feridas, uma perto do abdômen e outra no ombro, perto da marca de nascença, o símbolo de ser uma nobre ashi. Daerec me levantou com uma força inesperada.

— Não vou deixar você aqui para morrer! Controle suas emoções e suba naquele cavalo!

— Ela não merece morrer aqui — murmurei.

— Não importa mais! — gritou Daerec. — Precisamos sair daqui antes que outros cromos Pretos cheguem!

— Quero levá-la com a gente — respondi. — Quero enterrá-la em Samaris.

— Samaris? Você ficou louco! Ela esfaqueou a gente, está lembrado disso?

— Não! — retruquei.

Ele agarrou meu braço, novamente, mas eu o afastei.

— Vou levá-la e enterrá-la ao lado do pai, Daerec. Com ou sem você.

— Então, você terá que fazer isso sem mim — disse ele enfim. — Vou voltar para Everdia. Você sabe onde me encontrar, caso não se mate.

Assenti com a cabeça.

— Eu voltarei. Prometo.

— Não sei mais se me importo — respondeu.

Ele agarrou as rédeas de um cavalo Vermelho. Então, olhou para mim uma última vez antes de cavalgar para o sul.

— Adeus, amigo — murmurei.

Levantei Cestia e coloquei seu corpo sobre meu cavalo Preto roubado. A chuva começou a cair enquanto eu galopava em direção ao território Vermelho. Ela lavou as cores do meu rosto e as lágrimas dos meus olhos, mas não podia lavar minha dor.

◆

CAPÍTULO 22

AMIGO OU INIMIGO?

A chuva caiu gélida e pesada. O solo se dissolveu em lama. Nosso cavalo Preto era um animal muito forte, mas ele teve dificuldade até que instintivamente abrandou por medo de se machucar. Sua pelagem estava molhada e a sela rangia em suas costas. O som afligia meus nervos, que foram esticados como as cordas de um alaúde de Everdia por conta do conflito com os soldados Pretos. Carrancudo, observei o céu cinzento. De vez em quando, olhava para trás conferindo se alguém nos seguia.

O cavalo atravessou com dificuldade os campos de trigo Azuis empapados, adjacentes à Canceriana, mantendo a floresta (a muitíssimo perigosa Floresta Preta, devo acrescentar) à minha esquerda. Percebi que Axyum não devia estar a mais de dois dias de viagem. Parte de mim ansiava em deixar a cautela de lado e entrar sorrateiramente na cidade onde nasci para tentar encontrar minha mãe, mas eu tinha minha missão com Cestia a considerar. Quanto a Samaris, meu conhecimento do terreno me dizia que estava igualmente distante, ao leste. Em algum ponto, eu sabia que teria que arriscar cruzar a Canceriana se quisesse voltar ao território Vermelho ou ao que restava dele.

De repente, o céu pareceu se abrir em dois. Trovoadas ecoaram por toda a planície. Deve ter sido o sinal dos deuses pelos quais eu estava inconscientemente esperando, um sinal que me mostraria que eu fizera a escolha certa. Olhei para Cestia verificando se seu corpo estava em boas condições, mesmo que sua alma o tivesse deixado. A chuva torrencial lavara o sangue de sua pele branca e pálida, deixando-a imaculada.

Depois aconteceu... ouvi um gemido tênue e suave. Quase perdi o controle das rédeas quando o corpo de Cestia tremeu na chuva.

— Cestia! — eu me alegrei. — Você está viva!

Senti-me revigorado por cada sopro de vida que saía dos pulmões dela.

— Estou... com frio — sussurrou ela. — Sinto frio.

O que eu confundira com feridas mortais nas costas dela era o sangue de nossos agressores. Examinei gentilmente seu corpo e vi que o único sangue que não desapareceu acumulara-se em sua barriga, vindo de um ferimento grave.

Imediatamente, dei meia-volta com o cavalo e o guiei à Floresta Preta. Naquele instante, valia a pena correr o risco porque era o lugar mais próximo para encontrar abrigo contra a tempestade. Eu também queria fazer meu melhor para curar Cestia, e isso exigiria que ela descansasse.

— Fique acordada! — implorei à Princesa. — Fique comigo, Cestia! Fique comigo!

Assim que entramos na linha das árvores, desci do cavalo e rapidamente o conduzi através da floresta.

Lá, acomodei Cestia em um leito natural de musgo macio. Ela murmurou coisas incompreensíveis para mim. Ela tremia muito e suas mãos estavam frias como gelo. Tirei meu manto, rasguei uma tira e a enrolei ao redor da ferida, contornando sua cintura. Depois a cobri com meu manto e me deitei ao lado dela. Segurei-a, esperando que meu corpo lhe desse o calor tão necessário, e pareceu funcionar. Ela começou a tremer menos, e sua respiração se estabilizou.

Começamos a respirar em uníssono. Estávamos ali, juntos. Nada mais importava para mim. Nem a chuva fria ou as folhas molhadas. Nem os Cromos Pretos ou os Vermelhos. Dormi como não dormia há muito tempo, em paz comigo mesmo e com os deuses.

Quando acordei, havia a luz do sol… E o fio afiado de uma lâmina no meu pescoço.

Cestia estava em cima de mim, olhando e segurando minha espada em sua mão trêmula. Seu rosto estava pálido e belo ao mesmo tempo. Antes que eu pudesse dizer qualquer coisa, ela desmaiou. Verifiquei sua ferida e alegrei-me ao descobrir que o sangue não estava vazando. Um bom sinal: isso significava que o corte não era profundo. As feridas no abdômen eram muitas vezes fatais, e a vítima morria frequentemente com uma lentidão agonizante, mas Cestia continuava suando pela testa. Procurei no chão da floresta por Chifres de Áries, cogumelos marrons-avermelhados que nós, Cromos Pretos, usávamos para tratar nossos doentes. Sua forma distinta era semelhante à cabeça de um carneiro. Encontrei vários debaixo de um olmo e os levei para Cestia comer.

— Cestia — sussurrei gentilmente enquanto erguia sua cabeça.

Ela abriu os olhos e olhou para mim. Senti um arrepio na espinha.

— Minha máscara! Cadê minha máscara? — gritou ela, assustada.

— Você a perdeu enquanto lutávamos contra os soldados Pretos — respondi.

Depois, mostrei os cogumelos que eu havia colhido e lavado para ela comer.

— Coma isso, e eu prometo que se sentirá melhor.

— Você quer… me envenenar? — disse ela.

— Sim — falei sorrindo —, quero envenenar você, mas com o veneno da vida.

Pela primeira vez, ela tentou sorrir de volta para mim. Mas demorou apenas um instante antes de ficar séria outra vez e murmurar:

— Não, prefiro morrer a ser salva pelo assassino do meu pai.

O olhar insensível em seu rosto acabou com toda minha alegria. Foi como se ela tivesse me dado um soco forte no estômago.

— Coma — falei, de repente em um tom frio. — Você não conseguirá vingar a morte do seu pai se morrer.

Ela deu, enfim, uma pequena mordida no cogumelo.

Eu mesmo me surpreendi com a rispidez da minha voz. Talvez eu pudesse ser perdoado por minhas emoções confusas: quase não tinha experiência em lidar com as cromos e a maneira como fui criado não permitia quase nenhuma interação com elas.

— Estou com sede — disse ela suavemente e fechou os olhos outra vez. — Com muita... sede.

Sua fragilidade me abalou mais uma vez. Levantei-me imediatamente e peguei as maiores folhas que pude encontrar dos carvalhos e dos bordos que nos rodeavam. Elas ainda estavam molhadas pela chuva noturna. Espremi cada gota d'água na boca de Cestia.

— Mais — pediu ela.

Fiz isso durante toda a manhã até que, a certa altura, ela levantou o braço para me impedir.

— Por que você está fazendo isso? — perguntou. — Por que está me ajudando?

Um calor percorreu meu rosto.

— Já disse: porque seu pai salvou minha vida — respondi com frieza.

— Não sou meu pai e você não me deve nada, arlequim — disse ela, com uma amargura inesperada. — Vá embora enquanto pode, pois juro que vou lhe matar.

Ela começou a se levantar, mas perdeu o equilíbrio, e eu tive que ajudá-la a se enrolar em meu manto, mais uma vez.

— Você ainda não está bem — lembrei-a. — Pode me matar quando estiver melhor.

Ela permaneceu em silêncio, evitando me olhar. Ainda tremia, até que se virou e me encarou.

— Você não se parece com um Arlequim — disse.

— E como são os Arlequins? — perguntei ironicamente.

Ela não respondeu. Em vez disso, disse:

— Você estava na Festa das Velas, falou com meu pai e estava na torre quando ele...

Assenti com a cabeça.

— Quando ele foi assassinado. Mas juro diante dos deuses que não o matei. Eu me importava com seu pai.

— Então você me disse... do que vocês dois falaram naquela noite?

— Eu... nós discutimos.

— Sobre o quê? — perguntou ela.

— Isso não importa mais.

— Bem, importa para mim! — disse Cestia, levantando-se de repente.

Depois, muito fraca para ficar de pé, ela se sentou outra vez e falou lentamente com os olhos fechados:

— Você foi o último a vê-lo vivo. Se o que diz é verdade, que não o matou, pelo menos tenha a decência de me dizer sobre o que vocês discutiram.

— Discutimos a respeito de Samaris — revelei enfim. — Eu estava zangado com ele por causa das muitas injustiças que vi no Reino Vermelho. Sei que os outros territórios estão longe de serem perfeitos, mas fiquei horrorizado com a barbaridade de forçar os janis a suplicar por comida todos os dias. Eu também não suportava vê-los sofrendo por falta de abrigo e roupas decentes. Eles não tinham nem mesmo aulas para assistir para que pudessem aprender a se virar! Também estava zangado com seu pai porque ele poderia ter mudado as coisas, mas não mudou... depois que se revelou como arlequim e jurou que queria consertar a situação em cada território... não era sequer forte o suficiente para mudar a maneira como os fatos aconteciam em seu próprio território! E ele era o Rei! Mas, como ele mesmo admitiu, tentou mudar as coisas tarde demais em sua vida.

A força do meu surto me surpreendeu. Ao refletir, eu sabia que era bastante injusto e ingênuo da minha parte pensar que mudanças políticas aconteciam com o aceno de uma mão. No fundo, também lamentei que ele não tivesse vivido mais tempo para que eu pudesse dizer-lhe isso.

Cestia permaneceu em silêncio, então continuei falando:

— Após nossa discussão, ele me disse para deixar Samaris no próximo amanhecer, o que eu fiz, mas depois vi os Cromos Pretos marcharem em direção à cidade, então voltei para avisá-lo. Encontrei-o caído em seu trono, morto, com o Ministro Oris ao lado do seu cadáver. A faca que ele usara para apunhalar seu pai ainda estava nas mãos dele. Oris tentou me matar também, mas, diferente de Quadrio, não fui pego de surpresa.

Fiz uma pausa e tomei fôlego.

— Matei Oris por vingança, como se ele tivesse matado meu próprio pai. Matei-o pouco antes de você entrar na sala do trono. Você me viu e presumiu que eu tinha assassinado os dois.

Ela ponderou com cuidado minhas palavras.

— Esta é a verdade! — insisti.

Estava desesperado para que Cestia acreditasse em mim, mas isso só me fez parecer culpado aos meus próprios ouvidos. Ela virou o rosto para longe da luz do sol, que brilhava através dos galhos da árvore.

— Oris... — sussurrou.

— Ele tramou o ataque surpresa dos Cromos Pretos — acrescentei, para convencê-la ainda mais. — Não sei de que outra forma posso mostrar que digo a verdade, mas, como você pode ver, estamos sozinhos, e tenho todas as vantagens do meu lado. Não seria mais fácil matar você do que tentar lhe convencer? Mas eu nunca lhe faria mal, nunca! Prefiro morrer primeiro, pelos meios mais lentos e mais tortuosos possíveis!

A intensidade da última afirmação teve um efeito surpreendente: ela riu. Sem uma máscara para protegê-la de minhas emoções, devo ter parecido tão comicamente angustiado que ela riu mais ainda. Como eu poderia saber que ela compreendia de maneira mais sofisticada os sentimentos de um cromo por uma jovem cromo?

— Nunca gostei de Oris — confessou ela, ignorando minha confissão sentimental e apaixonada para poupar a ambos de mais embaraços. — E acho que meu pai também não gostava dele... ele foi nomeado Ministro pela influência de outros nobres poderosos que achavam que meu pai não era um governante severo o suficiente. Eu dizia a meu pai as mesmas coisas... de que nos serve governar se não podemos usar nosso poder para ajudar nossos súditos mais humildes? E então ele sempre dizia que governar não era fácil, que havia inimigos...

— Dentro e fora das muralhas de Samaris — completei.

— Sim, exato — concordou ela, assentindo com a cabeça.

— E provavelmente foram esses inimigos que o assassinaram — acrescentei. — Oris era apenas um deles.

— Cromos Vermelhos nos traíram unindo-se aos Cromos Pretos! — exaltou-se. — Não consigo imaginar isso acontecendo, mesmo pelo pior traidor. Nós sempre fomos inimigos...

— Foi a oportunidade perfeita para fazer todos acreditarem que a morte do seu pai havia sido obra dos Arlequins — considerei. — Não seria a primeira vez que os Arlequins seriam usados como bode expiatório nos territórios. Chtomio sabia disso muito bem. Também foi uma bela maneira de acabar com os planos dele de criar uma rebelião orquestrada por um arlequim.

— O que você acabou de dizer? — questionou ela.

Olhei-a, intrigado, e então percebi que chamara Quadrio pelo nome que ele usava quando o conheci.

— Desculpe, quis dizer Rei Quadrio. É que eu conheci seu pai como Chtomio, bem antes.

— Agora eu me lembro... Chtomio foi o nome que você usou durante a Festa das Velas. Era também o nome que meu pai usava em sua juventude — explicou ela —, muito antes de se tornar Rei.

Em Samaris, quando você se torna Rei, recebe um novo nome para marcar a passagem de nobre a monarca. Não tenho certeza se alguém sequer se lembraria de seu primeiro nome, já que tanto tempo se passara.

— É por isso que ninguém reconhecia seu nome em Samaris quando perguntei — ponderei, mais para mim mesmo do que para Cestia.

— Seu amigo, Daerec, o que aconteceu com ele? Também morreu?

— Não, mas nós nos separamos — disse.

— Por quê?

— Porque eu queria trazer você de volta para Samaris, e ele não.

Ela olhou para baixo.

— Notei que ele lhe chamou por outro nome.

— Asheva — falei. — Esse é meu nome verdadeiro.

— Asheva — repetiu ela.

Nunca tinha ouvido meu nome ser pronunciado de forma tão bela.

Ela começou a me fazer outras perguntas, mais investigativas. Na frente dela, eu me sentia como se não tivesse segredos. Queria contar-lhe tudo, queria que soubesse tudo a meu respeito. Conversamos o dia todo, ouvindo as histórias um do outro e absorvendo cada palavra. Para mim, aquele era um sonho que tinha se tornado realidade: de fato, todos os devaneios que eu já tivera sobre estar com ela.

Quando lhe contei sobre Ayas e como seu pai enganara os Cromos Azuis para me salvar, ela riu mais uma vez. Seu riso me soou como sinos, e sua alegria era contagiante. Ao descrever o momento em que segurei o frágil corpo sem vida de Tiara, lágrimas escorreram pelas bochechas dela. Finalmente, revelei o que Chtomio me dissera sobre cromos e arlequins e como esse conhecimento mudou radicalmente minha vida e me deu um propósito.

— Então você não é um arlequim! Os Arlequins não existem! Eu sabia! — disse ela, visivelmente aliviada.

— Sim, eles existem! — afirmei. — Eles existem dentro de cada um de nós. Os Arlequins são a melhor parte de nós e a mais verdadeira. Eu escolhi ser um deles.

— E fazer o quê, andar despido, sem máscara? — indagou ela sarcasticamente.

— Sim, exato. A beleza e a verdade estão ocultas por trás das máscaras.

Olhei nos olhos dela.

— Não é esse o propósito por trás da sua Festa das Velas? Mostrar seu verdadeiro rosto e seus sentimentos quando as velas pararem de queimar?

Ela corou.

— Ainda não sei se devo te matar ou te abraçar.

Cestia me deu um de seus sorrisos intrigantes que me fizeram ansiar por colocar meus lábios nos dela. Então, sem esperar por uma resposta, ela inesperadamente se levantou e desengatou as rédeas de nosso cavalo da árvore.

— O que está fazendo? — perguntei. — Você ainda está fraca e precisa se deitar.

— Já descansei o suficiente — respondeu ela. — É hora de partir. Meu reino precisa de mim.

— O que você vai fazer lá? — perguntei.

— Lutarei contra os Cromos Pretos — disse.

— Então você não aprendeu a lição do seu pai — atentei.

— Eles destruíram meu reino! Destruíram minha nação! — gritou ela, em lágrimas. — Mas você não consegue entender isso, não é mesmo? Você escolheu ser um Arlequim!

— Eu também perdi minha nação — pontuei amargamente. — E escolhi ser um Arlequim, porque, como seu pai, também não vejo *nenhum* futuro do jeito que estamos agora. Cromos lutando entre si para que uma cor possa prevalecer sobre a outra. Quando isso vai acabar?

— Acabará quando os Cromos Pretos forem destruídos — disse ela.

— Não, não vai. Os Cromos Pretos serão então substituídos pelos Cromos Vermelhos ou os Azuis ou algum outro. A única maneira de parar essa corrente, essa agonia, é compartilhar enfim esta mensagem: devemos nos desapegar de nossas diferenças e nos concentrar nas semelhanças, acabando com as cores de uma vez por todas.

— Você ficou louco — disse ela. — Isso nunca vai dar certo!

— Fiquei? Com certeza, você mesma já viu que as coisas estão mudando nos territórios — repliquei. — Os comerciantes da Canceriana nos ajudaram contra os Cromos Pretos. Vimos os Cromos Laranja e os Amarelos unidos com os Violeta e os Vermelhos para distrair a cavalaria deles. Todos estão cansados deste embate constante entre as cores, eles simplesmente ainda não descobriram uma maneira de expressar isso de forma aberta. Mas eu descobri. Vou levar a eles a mensagem dos Arlequins. O momento é propício para realizar o sonho que seu pai tinha: unir os territórios. Chega de Cromos Pretos, Vermelhos ou Azuis…

— Apenas arlequins — completou ela. — Essa é com certeza uma ideia muito conveniente!

— Não, tampouco arlequins. Apenas irmãos e irmãs — corrigi pacientemente. — Chega de máscaras e de mentiras; chega de enganações. Imagine só! Chega de fronteiras e de ódio. Teríamos apenas a verdade e… a paz.

— Como você planeja conseguir isso? — perguntou ela, hesitante.

Eu podia dizer que ela se sentia culpada até mesmo por ouvir minhas opiniões de traição e talvez por sentir, bem no fundo, que elas faziam sentido.

— Ainda não sei — admiti. — Mas sei que este é o jeito certo, é a única maneira.

— A única maneira de você conseguir unir os cromos, Asheva, é dar a eles um inimigo em comum. E os Cromos Pretos são o inimigo em comum de hoje. Você só terá sucesso se conseguir forjar uma aliança entre os outros territórios contra Axyum. A pergunta é: você está pronto para ir contra sua nação?

— Eu não pertenço mais a uma nação. Todos os territórios são minha nação.

— Veremos — disse ela então, de forma provocadora. — Vamos, não vale a pena perder nosso precioso tempo.

— O que você tem em mente? — perguntei.

— O que eu deveria ter feito antes, quando meu pai estava vivo. Formar uma nova coalizão contra os Cromos Pretos.

Então, selamos o cavalo e saímos juntos da floresta. Ainda não éramos muito amigos, mas pelo menos não éramos mais inimigos.

◆

CAPÍTULO 23

UMA NOVA ALIANÇA

Enquanto cavalgávamos em direção ao Reino Vermelho, Cestia insistiu em tomar as rédeas do cavalo. Teimosa como era, apesar de sua condição fraca, ela não conseguia controlar a montaria, mas deixei que descobrisse isso por si mesma. Quando Cestia estava disposta a desistir e confiar em mim, eu cavalguei na frente, e ela pôs as mãos ao redor da minha cintura. Minha pele formigava agradavelmente ao seu toque e senti um tremendo frio na barriga.

— Fale de novo sobre sua aliança entre os territórios — pedi.

— O exército Vermelho seria o coração de tudo — respondeu ela com firmeza. — Não há melhor maneira de convencer os outros do que com espadas e lanças.

Suspirei e balancei a cabeça.

— O que foi? — indagou ela.

— Espadas e lanças nunca alcançarão o coração de um cromo — expliquei.

— Mas elas alcançarão a mente deles, e isso é bom o bastante para mim — retrucou.

— Você não unirá nada a menos que tenha amor — considerei, repetindo as palavras de Failan.

— Ah, e você é um especialista em amor, na sua idade?

Eu gaguejei.

— Não me refiro a "amor" da maneira como você quis dizer.

— E o que eu quis dizer? — provocou ela.

— Não importa — murmurei.

Gentilmente, incitei o cavalo a galopar, desejando que isso me livrasse do constrangimento. Nós nos afastamos das estradas principais e continuamos a ziguezaguear pelos campos e vales selvagens para evitar outros cromos. Nenhum de nós usava máscara, e eu ainda estava vestido com meu traje de arlequim.

— Chegamos ao Reino Vermelho — sussurrou Cestia em meu ouvido, depois de algum tempo. — Reconheço as divisas.

À minha extrema direita, à distância, observei a grande e familiar rocha onde a cidade Vermelha de Samaris um dia se encontrara. Por um instante, pensei que podia ver a torre branca do castelo, mesmo sabendo que ela não estava mais lá.

— Devemos ir para Samaris? — perguntei.

— Não, os Cromos Pretos estão à espreita por toda parte dentro daquela ruína, como ratos. Continue cavalgando para o norte, em direção àquelas montanhas.

Ela apontou para as montanhas que podiam ser vistas à distância.

— Aos pés dessas montanhas, começa o território Laranja. É onde o resto do meu exército está acampado.

Suas palavras soaram um pouco embargadas. Por mais que ela tentasse se controlar, eu podia sentir sua angústia por causa da queda de Samaris e da morte de seu pai. Não podíamos deixar a grande cidade Vermelha para trás tão cedo.

Enquanto subíamos a montanha, o ar ao nosso redor mudou. Estava frio, com um vento forte que parecia deleitar-se em tornar o ambiente mais gélido. As montanhas diante de nós eram enormes e tinham uma coloração vermelho-alaranjada brilhante. Pensei que era o sol poente que lhes dava essa tonalidade, mas Cestia me disse que a cor era de uma argila clara e ferrugínea única na região.

Sob as montanhas, densos campos de juncos irregulares pontilhavam a planície. Então vi alguns deles se moverem. Não era vegetação, percebi: eram rebanhos de gado, milhares de bois marrons de pelos escuros pastando pacificamente à nossa frente!

— Pelo visto, essas harpias das montanhas não perderam tempo… — disse Cestia.

— O que você quer dizer com isso?

— As Cromos Laranja conduziram o gado até nosso território. Elas sempre tentaram usar isso como uma forma de conquistar nossas terras, primeiro com seus rebanhos e depois com suas habitantes. Agora que os Cromos Pretos nos derrotaram, elas já estão aqui.

— Mas este lugar fica apenas um pouco adiante das montanhas deles —comentei. — Além disso, vocês nunca usaram esta terra, mesmo antes dos Cromos Pretos atacarem Samaris. Reparei como vocês contavam com os Cromos Laranja e os Amarelos para lhes fornecer carne.

— Ah, como poderia sequer esperar que um estrangeiro como você entendesse — respondeu ela, pouco escondendo a irritação.

Eu não a contestei ainda mais assinalando que os Cromos Vermelhos usavam os Cromos Laranja de maneira semelhante, escondendo-se no território deles para se reagruparem. Suspirei. Naquele momento, cansado e com sede por conta da poeira amarga de ferro da estrada que assentou como grãos em meus dentes, a ideia de unir cromos que brigavam uns com os outros desde o início dos tempos realmente parecia um sonho impossível.

— Acalme o cavalo — disse Cestia — ou você vai assustar os bois e eles vão debandar.

De perto, as Montanhas Laranja pareciam dentes gigantescos e podres. As faces rochosas foram erodidas em pontos irregulares pelos fortes ventos que sopravam por toda a região, mas o topo desgastara-se em platôs lisos, sem dúvida nivelado por milhares de pés de cromos que passaram por cima dele.

Sinalizei para o cavalo parar e olhei em todas as direções.

— Não vejo soldado algum — disse.

— Já falei, eles estão escondidos.

— Onde?

— É o que descobrirei.

Cestia arrancou uma tira de pano de sua manga e vendou meus olhos com força.

— O que está fazendo? Ainda acha que eu a trairia?

— Se quer que eu confie em você, então deve começar confiando em mim — respondeu ela.

— É justo — assenti.

Ela tomou as rédeas do cavalo e galopamos juntos. Instintivamente, estendi a mão para agarrá-la. Ela deu um tapa em meu braço e eu quase caí.

— Não se atreva! — esbravejou.

— Então é melhor você me derrubar de uma vez! — refutei.

— Ainda não consegue montar um cavalo sem as mãos? — disse ela. — Que tipo de guerreiro lamentável é você?

— Que horror!

Agarrei a parte de trás da sela com minhas mãos, fazendo o melhor que podia para não cair. Devo confessar que Cestia começava a parecer uma rosa: linda, mas repleta de espinhos.

Com os olhos vendados, senti-me desorientado e com frio. A inclinação íngreme e o ar mais rarefeito me diziam que estávamos ganhando altitude. Meus lábios estavam secos, e eu sentia sede.

— Quanto tempo levará para chegar a seu esconderijo? — perguntei a Cestia.

— Chegaremos logo. Agora, fique quieto e deixe eu me concentrar.

— Se concentrar em quê?

— Em encontrar o caminho — respondeu ela.

Pouco tempo depois, Cestia controlava as rédeas do cavalo. O vento gélido diminuiu lentamente. Eu sabia que devíamos estar em algum abrigo, porque não sentia mais frio.

Ouvi então Cestia dizer:

— Estamos quase lá. Não abra a boca quando chegarmos. Deixe que eu fale.

Ela removeu minha venda e, quando meus olhos se ajustaram à luz, vi que estava diante de uma antiga entrada de pedra em algum tipo de santuário majestoso, esculpido diretamente na rocha salpicada de dourado-alaranjado. Havia vários pilares semiesculpidos em baixo-relevo e era como se a montanha só precisasse sacudi-los para que fossem liberados. Olhei atrás de mim. Estávamos cercados por altos penhascos no final de uma ravina estreita.

Enquanto Cestia tirava a sela do cavalo, quatro soldados Vermelhos surgiram de trás de uma rocha.

— Minha Princesa! — exclamou um, fazendo uma reverência. — Você está sem máscara! Rápido! — dirigiu-se ele a um camarada — Traga uma máscara para sua Alteza Real! E uma máscara para este...?

Ele olhou para mim, evidentemente sem palavras. Ou talvez ele soubesse a palavra certa para me descrever, mas não quis dizê-la.

— Vossa Alteza — disse o guarda, hesitante — ele é...

Sim, é um arlequim — respondeu ela. — Nada menos que o Arlequim Vermelho! Mas não temos nada a temer.

Ela foi rápida em acrescentar.

— Como líder dos Arlequins, ele prometeu usar seus semelhantes para nos ajudar a derrotar o exército Preto!

O primeiro guarda tocou uma corneta que ele amarrara em volta do ombro. Dúzias e dúzias de soldados irromperam da entrada de pedra como formigas-vermelhas.

— Levem o arlequim! — ordenou o guarda que falara com Cestia.

— Bem... estou bastante feliz por você ter tomado a dianteira — disse à Cestia.

— Esperem! — gritou ela. — Parem! Todos vocês!

— Alteza, você foi enganada por este arlequim — afirmou o guarda.

Ele segurou o braço de Cestia e tentou afastá-la do cavalo.

— Vamos matá-lo para libertá-la de seu feitiço.

— Me solta! — ordenou, rapidamente libertando-se. — Como ousa falar assim com sua Princesa? Eu não fui enganada!

O outro soldado retornou trazendo-lhe uma nova máscara, uma criação imponente feita de prata e pérolas. Ela a colocou para ganhar controle sobre as tropas. Cestia me ofereceu um cantil d'água, e ambos bebemos muito, tanto para saciar nossa sede quanto para deixar as coisas assentarem e garantir que todos os olhos estivessem focados em nós antes de falarmos.

— Agora ouçam! Todos vocês! Nossa cidade foi destruída, mas seu espírito segue forte. Eu também sigo com esse espírito. Posso ser jovem, mas aprendi bem com meu pai. Vocês acham que eu me desestabilizaria ou enlouqueceria com a exposição a esta mera criatura? Certamente, eu já provei que sou feita de coisas mais fortes do que isso.

Os soldados murmuraram em consentimento. Fiquei impressionado com a capacidade dela de imediatamente chamar a atenção deles. Eu a vira como uma nobre protegida, mas ela tinha a confiança austera de um governante com idade muito avançada à dela. Enquanto eu aprendera a liderar no seminário a golpes duros, agora vi que ela possuía um talento natural, sem dúvida herdado do pai.

Cestia fez uma pausa a fim de causar efeito.

— Vocês acham que eu retornei sob a influência de meu convidado — continuou. — Mas fui *eu* quem o convenceu a unir-se à nossa causa!

Naquele instante, eu era o único a se surpreender. Eu me uni à causa dos Cromos Vermelhos?

Os guardas Vermelhos assentiram com as espadas e aplaudiram.

— O Reino Vermelho se erguerá, novamente, contra os Cromos Pretos —anunciou. — Mas, para fazer isso, devemos nos tornar mais fortes, mais sábios e mais ousados do que nunca.

Os soldados urraram. Cestia posicionou-se à frente, como se falasse a cada um, em confidência.

— Mais importante, a chave para nossa vitória está em nossa disposição de sermos humildes o suficiente para buscar e conquistar novos aliados, para derrotar, de uma vez por todas, cada soldado Preto nos territórios!

Ninguém se animou com essa parte do discurso.

— Não queremos Arlequins — gritou um guarda da parte de trás. — Eu o reconheço. Ele estava em Samaris e matou nossos soldados!

— Ele matou o Rei Quadrio! — berrou outro.

— Ele não matou nosso Rei! — protestou Cestia, silenciando a multidão. — Eu estava lá. Testemunhei a verdade desse trágico acontecimento com meus próprios olhos e só agora percebi que foi o *Ministro Oris* quem matou meu pai, nosso amado Rei... Ele estava conluiado com os Cromos Pretos. Ele traiu todos nós!

Ela fez uma pausa para deixar a informação assentar.

— Quanto ao arlequim... ele arriscou a própria vida para salvar a minha na estrada Canceriana quando meu contingente foi atacado pelos Cromos Pretos. Fui ferida durante aquele conflito e ele me abrigou e tratou minhas feridas. Se estou aqui agora — gritou Cestia —, é por causa dele.

Um soldado, hesitante em aceitar a notícia, meio dividido, disse sem pensar:

— Mas, Sua Alteza... ele ainda é... um arlequim!

Foi, então, minha vez de responder:

— De fato, eu sou! Mas os Arlequins não são seus inimigos! Os Cromos Pretos são! Eu os conheço bem e posso dizer que eles querem conquistar todos os territórios. Eles não vão parar por nada, porque seus Anciãos corruptos passaram gerações convencendo-os de que este é seu destino religioso.

Cestia assentiu com a cabeça e acrescentou:

— Eles desobedeceram às nossas Leis Coletivas atacando nossa cidade e subornando um de nossos líderes, então percebam, só podemos sobreviver se pusermos nossas diferenças de lado e forjarmos uma aliança com outros cromos e arlequins! Quem está comigo?

Ninguém respondeu. Ela desceu do cavalo para poder caminhar entre seus súditos a fim de convencê-los. Eu a segui.

— Eu disse... Quem está comigo? — gritou Cestia com entusiasmo.

Ela ergueu o braço, mas ninguém seguiu seu exemplo.

Todos permaneceram em silêncio, e senti muitos olhos me encararem. O que eu temia em particular estava acontecendo: uma aliança com os cromos, embora fosse uma nova ideia, fazia sentido, mas unir-se a Arlequins era insanidade demais para que qualquer cromo aceitasse.

— Não lutaremos ao lado de um arlequim, Vossa Alteza.

Alguém finalmente teve a coragem de dizer isto em voz alta. O resto hesitou em assentir com a cabeça em aprovação. Cestia cerrou os punhos.

— Não estou pedindo — sibilou. — Como sua governante, ordeno que lutem ao lado do arlequim.

Contudo, um a um, os soldados começaram a virar as costas para Cestia.

— Como vocês se atrevem? — gritou ela.

— Como *você* se atreve? — bufou uma voz desagradável e amarga atrás de nós.

Um grupo de cromos Vermelhos, vestidos com delicadas túnicas de vermelho vivo e grossas máscaras prateadas, passou pelos soldados e nos cercou. Eram ashis nobres, membros da casta mais alta dos Cromos Vermelhos. Eles me lembravam muito os Anciãos Pretos em Axyum. Aquele que se pronunciara deu um passo à frente. Lembrei-me dele do baile da Festa das Velas: Erai, um cromo mimado, privilegiado e muito protegido, que Cestia rejeitou, preferindo dançar comigo. Não havia dúvida de que aquele cromo nem sequer desembainhara a espada durante a queda de Samaris. Eu me perguntava se ele me reconhecia, já que eu não usava máscara. E pelas palavras que se seguiram, eu soube que ele me reconhecera.

— Você nos disse, Cestia, que levaria alguns de nossos melhores soldados para procurar o arlequim que entrou furtivamente em Samaris e matou seu pai, mas, em vez de trazer a cabeça dele, você retornou com o sujeito bem vivo. E sem nenhum de nossos soldados. E depois de ter declarado que ele era realmente o assassino do Rei Quadrio, agora você diz que ele é inocente e que, mais incrível ainda, o nobre Ministro Oris foi o assassino. Eu acho que você nos deve uma explicação.

Inacreditável! Os soldados olhavam para aquele ashi insolente, absorvendo cada palavra, e Erai estava claramente aproveitando seu momento ao sol.

— Não esqueçamos, esta criatura agora conhece nossa localização secreta. Eu digo que ele nos entregará para os Cromos Pretos na primeira oportunidade que tiver. Ele não acabou de admitir que os conhece muito bem? É um leve sotaque Preto que ouço, escondido em sua estranha maneira de falar?

— Você está errado, Erai, não é... — começou Cestia.

— Claro, não é sua culpa, minha Princesa — ele a interrompeu de forma condescendente. — Você é mais jovem do que a maioria de nós aqui e, atrevo-me a dizer, ainda é inexperiente. É da natureza das coisas que os jovens cometam erros. É por isso que seu pai queria que eu estivesse ao seu lado. *Sempre.*

Ele certamente não era muito mais velho do que eu ou Cestia, eu pensava, e mesmo assim estava se safando com toda aquela bobagem.

Erai então virou o rosto mascarado para encarar seus companheiros nobres.

— Não foi isso que Quadrio nos disse, muitas vezes, meus amigos?

Um deles seguiu a deixa de Erai e respondeu:

— Sim! Quadrio estava preocupado com você, Cestia. Ele disse que era propensa a devaneios e temia que não estivesse apta a governar.

Cestia cometeu o erro de deixar-se levar pela emoção.

— Tudo isso me parece uma traição!

— Aí está, percebem? Ela está delirando, muito provavelmente por causa de sua provação.

Erai encerrou o assunto para seguir com o massacre.

— Por que não continuamos essa discussão depois, Cestia? Quanto a este arlequim, há apenas uma coisa que podemos fazer para garantir nossa segurança aqui: matá-lo!

Como se esperasse por tal momento a vida inteira, outro nobre gritou bem depressa:

— Guardas, peguem este arlequim e cortem a cabeça dele, imediatamente!

— Espere! — gritou Cestia.

Ela jogou-se na minha frente, ignorando o quão insana tal ação pareceria para seu povo.

— Eu respondo por ele.

— Minha querida Princesa — disse Erai. — Você não entendeu? Você não pode mais responder por ninguém. Nem mesmo por você mesma.

— Ele salvou minha vida. Não vou deixá-lo morrer sozinho. Se você o matar, deve me matar também.

— Você não me deve nada! — sussurrei no ouvido dela.

— Sim, eu devo — disse ela.

— Muito bem.

Erai suspirou e estendeu as mãos, como se fosse a escolha mais difícil que ele já precisou fazer no mundo.

— Se este é o preço a pagar pelo sigilo e pela segurança, então nós o pagaremos. Guardas, matem os dois. A princesa está obviamente sob o feitiço do arlequim e perdeu sua alma.

Os soldados Vermelhos, parte da casta dos sayis, permaneceram parados sem saber o que fazer, já que pareciam estar em conflito sobre qual dos nobres deveriam obedecer. E talvez Erai tivesse reclamado a vitória cedo demais contra a Princesa Vermelha porque, do santuário, outro grupo de soldados Vermelhos, vestidos de maneira diferente dos outros, rapidamente se aproximou de nós.

Metade deles estava vestida de vermelho com mantos brancos e a outra parte vestia branco com mantos vermelhos. Percebi também que o grupo era dividido meio a meio: guerreiros e guerreiras. No entanto, a julgar pela forma como se moviam e manejavam as espadas, elas provavelmente sabiam usá-las tão bem quanto suas contrapartes masculinas.

Os recém-chegados rapidamente se colocaram entre os soldados Vermelhos e nós, formando uma barreira mortal e arrepiante. De imediato, os outros soldados Vermelhos começaram a recuar.

— Ah, sim, os guerreiros Parabatai — comentou Erai. — Os silenciosos e leais guardiões de nossa amada família real, ou do que resta dela. Sempre chegando tarde, não é mesmo? Pena que vocês não estavam lá para proteger Quadrio quando ele foi brutalmente assassinado dentro do castelo. Ou talvez vocês estivessem?

Os guerreiros nada disseram, e eu suspeitei que estavam prontos para lutar contra os outros cromos Vermelhos. Era algo que eu ainda não havia visto nos territórios: soldados do mesmo exército lutando entre si. Mas aparentemente ninguém queria lutar contra esses guerreiros, e Erai sabia disso. Ele falou de novo:

— Cestia, vou perguntar uma última vez: você vai entregar este arlequim a nós e pedir a seus Parabatai que voltem para o santuário?

Sussurrei para ela:

— Pelo amor dos deuses, salve a si mesma! Finja que concorda. Vou conseguir escapar. Não se preocupe comigo.

Ela me surpreendeu ao dizer algo que mudaria o curso de nossa amizade, para sempre.

— Não! Você confiou em mim. Chegou a hora de confiar em você.

Ela se recompôs. Apesar do cansaço e das feridas, nunca a vira com um ar mais régio.

— É óbvio que a guerra com os Cromos Pretos pôs todos nós sob uma tremenda tensão. Se eu os decepcionei, estou preparada para pagar o preço. Não quero ser a causa de mais um conflito interno entre nós e estou pronta para ir embora.

— Se estamos aqui, se Samaris está em ruínas, e se os Cromos Pretos estão agora à espreita de nosso reino, é certamente por causa de seu pai — trovejou Erai. — E você é a herdeira dessa tragédia. Não pode simplesmente partir sem sofrer as consequências.

Até os outros nobres sabiam que Erai passara do limite. Em um instante, o estreito barranco se transformou em uma massa de braços e pernas que se engalfinhavam quando os cromos Vermelhos começaram a lutar entre si. Percebi que, em um espaço tão pequeno, com as emoções à flor da pele, aquilo se transformaria em uma batalha até a morte.

Corri para proteger Cestia com meu corpo enquanto parte da minha mente, há muito tempo em sintonia com a batalha, permanecia separada e focada na briga para que eu pudesse buscar uma vantagem. Os guerreiros Parabatai, nesse meio tempo, moviam-se silenciosa e sinuosamente, em pares, contra os outros soldados Vermelhos.

O cavalo Preto começou a entrar em pânico, acertou alguns coices em soldados e ameaçou pisotear Cestia e eu. Posicionei a Princesa atrás de um par de guerreiros Parabatai e montei o cavalo para acalmá-lo.

No mesmo instante, um soldado conseguiu apunhalar um dos guardas que protegiam Cestia. Erai desarmou o outro, mas o nobre permaneceu parado no cenário de batalha. O guerreiro encostou Cestia contra uma parede rochosa e agarrou habilmente o cinto de Erai. Nas mãos de um guerreiro habilidoso, um cinto sempre vence uma espada. O Parabatai o usou como um chicote para desarmar

Erai e depois o enrolou ao redor do pescoço esquelético do nobre para sufocá-lo.

Ver Erai em apuros fez com que os soldados parassem, e Cestia ordenou a seu Parabatai que parasse também. Ela demonstrou misericórdia e ordenou que seu inimigo fosse poupado, o que foi muito mais do que Erai jamais faria por ela.

Enquanto o guerreiro segurava Erai em suas mãos, eu aproveitei a oportunidade para falar:

— Eu conhecia Quadrio! — exclamei — Ele era melhor do que todos vocês juntos, e a filha dele também é!

Segui a cavalo até Erai e olhei para ele com todo o desdém que consegui reunir.

— Você realmente acha que ela está poupando sua carcaça miserável por medo? Não... ela não deseja ver Cromos Vermelhos lutando uns contra os outros.

— Você está certo — disse Cestia.

Depois, ela ordenou ao guarda:

— Solte-o.

O guerreiro empurrou Erai, que tombou aos pés do meu cavalo.

Fingi pensar profundamente por um instante.

— Hum... agora me lembrei... você estava na sala do trono quando Quadrio foi assassinado, nobre Erai. Como você chegou lá tão rápido? — questionei.

Era uma mentira, é claro, mas aquele insetinho chorão merecia qualquer infortúnio que recebesse.

Ele tentou recuperar a dignidade:

— Vamos deixar você ir, Cestia, se prometer nunca mais voltar — disse ele.

— Partirei segundo minhas próprias condições, Erai! — refutou ela. — E somente porque sei que o fim deste conflito entre nós trará paz a este pequeno grupo remanescente de meus soldados cansados da batalha. Não preciso agir com sua permissão.

Então, ela virou-se às suas tropas.

— Por favor, tenham a decência de preparar meu cavalo e a cavalaria dos meus guardiões. Não privaremos vocês de nenhum de seus suprimentos escassos.

Muitos pareciam envergonhados, mas os protestos eram poucos. Curvaram-se e a obedeceram, provavelmente pela última vez. A ferida de Cestia começou a sangrar, de novo, mas ela se recusou a dar importância.

Vários cavalos foram conduzidos através da multidão. O primeiro, um cavalo branco e impetuoso, claramente pertencia a Cestia. Eu a ajudei a montá-lo enquanto seus guardiões montavam nos outros. Houve um momento incômodo de silêncio, durante o qual apenas o vento podia ser escutado. Aos poucos, começamos a sair da ravina.

— Que Adio e Adia protejam todos vocês — declarou Cestia, erguendo a mão em despedida.

Pensei que os Cromos Vermelhos tinham feito um mau negócio ao tomar a autoridade de Erai sobre a dela, mas suspeitei que logo pagariam caro por uma decisão tomada com medo.

Enquanto serpenteávamos pelo labirinto de rochas e descíamos a montanha, estudei o entorno, esperando ver os arqueiros Vermelhos vindo atrás de nós, mas eles não o fizeram. Cestia cavalgou à minha frente. Eu queria seguir ao lado dela, mas a passagem era muito estreita para que dois cavalos cavalgassem lado a lado. Era um grande esconderijo, mas também podia ser uma grande armadilha, pensei, sem meios de uma fuga rápida.

De volta à planície desolada, aproximei-me de Cestia.

— Você fez a coisa certa — falei. — A única que poderia ter feito, dadas as circunstâncias.

Embora ela tenha assentido com a cabeça, concordando com minhas palavras, ouvi um soluço silencioso e doloroso vindo de dentro de sua máscara.

— Perdão. Minha ferida dói — admitiu ela finalmente.

Paramos e acendemos uma fogueira, não muito longe de onde pastava um rebanho de gado Laranja. Os guerreiros Parabatai cuidaram de tudo silenciosamente. Duas das guerreiras medicaram Cestia com unguentos, que serviam para estancar o sangramento de imediato. Depois, a envolveram em um manto de pelúcia, ajudaram-na a se limpar e removeram seu disfarce de cromo Violeta. Em pouco tempo, ela estava vestida mais uma vez como a renomada Princesa Vermelha, tão bonita e radiante quanto a primeira vez em que a vi montando a carruagem fora de Samaris.

— Você tem muita sorte de ter guardiões tão fiéis — disse a ela. — Por que não os levou quando foi me procurar?

— Porque eles não podem falar — justificou. — E eu precisava de soldados que pudessem fingir que eram cromos Violeta.

— E para procurar informações sobre meu paradeiro — acrescentei.

Ela assentiu com a cabeça.

Eu os observei movendo-se com uma eficiência silenciosa e comunicando-se uns com os outros por meio de uma linguagem de gestos e movimentos sem qualquer som.

— Eles são mudos? — indaguei.

— Não — explicou ela. — Eles simplesmente juraram silêncio.

Devo ter parecido intrigado, então ela me contou a história daqueles guerreiros incomuns.

— Os Parabatai são quase tão antigos quanto Samaris. São amantes-guerreiros, sagrados para Adio e Adia, que juraram silêncio a fim de ampliar seus outros sentidos e torná-los extremamente vigilantes.

— Bem, depois de vê-los em ação lá atrás, pude perceber que não servem apenas para mandar beijos aos inimigos — eu disse.

Isso pareceu aliviá-la um pouco quando ouvi uma breve risada debaixo de sua máscara.

— A arma mais poderosa deles é o amor que têm um pelo outro. Por terem seu amante por perto, suas habilidades de luta e sobrevivência são muito mais aguçadas do que qualquer guerreiro normal, porque eles têm muito a perder. Diz-se que seu amor é mais forte do que o ódio do inimigo.

Eu nunca pensara no amor como uma arma antes. Cestia continuou:

— Esse é um dos métodos que usamos para derrotar os Cromos Pretos durante nossa última grande guerra, aquele que usamos antes do covarde ataque-surpresa contra nós, quero dizer.

— Perdi meu pai naquela guerra — confessei.

— E eu perdi meu irmão.

Ficamos em silêncio por um tempo, perdidos em nossas dolorosas memórias. A noite chegou, envolta em um manto escuro de veludo repleto de estrelas. Ambos olhamos para suas luzes frias e cintilantes em uníssono.

Para minha surpresa, Cestia tirou a máscara, e as fogueiras acesas pelos Parabatai iluminaram seu rosto pálido. Por um instante, vi a expressão familiar de tristeza que vislumbrei nos olhos de Chtomio quando o encontrei pela primeira vez na Canceriana.

— O que você vai fazer agora? — perguntei então, de frente para ela.

— Farei o que me propus a fazer. Buscarei uma aliança com as outras nações para derrotar os Cromos Pretos de uma vez por todas. Amanhã irei a Doryca e falarei com os Cromos Amarelos.

— Sem o exército Vermelho para apoiá-la?

— Eles acabarão voltando a si — disse ela. — E, quando o fizerem, eu estarei lá para eles. Estarei lá com as outras nações também, pronta para libertar os territórios.

— Por que não começar com a Nação Laranja? — perguntei. — Quero dizer, estamos no território deles!

Ela olhou para mim e disse:

— As cidades Laranja e Amarela são quase atreladas, assim que chegarmos a Doryca alcançaremos Crodya também. Mas, me diga, Asheva, você viu algum cromo Laranja vir em nosso auxílio durante a queda de Samaris?

Balancei a cabeça.

— Mas também não vi nenhum cromo Amarelo ou Violeta... ou Azul.

— Exatamente! — respondeu ela. — Todos se preocupam apenas com o próprio território, indiferentes à tempestade que varre a colheita dos outros e incapazes de descobrir que a mesma tempestade pode acabar varrendo suas colheitas também. Pior ainda, cromos como as Laranja exploram deliberadamente tais dificuldades em seu benefício.

Ela olhou de forma significativa para o gado que pastava.

— Talvez você esteja exagerando, Cestia. Você já falou com os Cromos Laranja, ou chegou a estas conclusões por si mesma?

— Eu... sei tudo sobre as Cromos Laranja. Sei como elas são — disse ela.

— Mas esta é a questão: você só sabe o que lhe disseram.

Falei com ela de um jeito tranquilo:

— Se quer ter sucesso, é preciso mover mundos e fundos. Você mesma disse, no acampamento Vermelho, que precisa estar aberta, que tem que ser humilde e abraçar os outros. Torná-los seus aliados, não seus inimigos.

— E você? — disse ela, mudando o rumo da discussão. — O que vai fazer no próximo amanhecer?

— Irei com você e depois... voltarei para onde estão meus amigos, em Everdia.

O que eu realmente queria dizer era: "Irei com você e depois permanecerei contigo."

— Everdia — repetiu ela. — É seu novo lar?

— Não tenho lar — respondi. — Os territórios são meu lar.

— Deve ser triste.

— O quê?

— Não ter um lar. Estou começando a entender como é.

— Você não perdeu seu lar, Cestia — lembrei-a. — Samaris está sempre presente. Mesmo que agora esteja em ruínas, tenho fé que você a reconstruirá, cem vezes mais bela do que antes.

Ela ficou olhando para mim por alguns segundos.

— E você fará o mesmo com Axyum, quando for destruída? Reconstruí-la?

— Nunca mais pisarei em Axyum — respondi.

— Não acredito nisso — contestou ela. — Eventualmente, o rio da vida leva todos de volta ao lar. E ele o levará de volta também.

Ao ouvir tais palavras, os pensamentos sobre meus pais pesaram muito em meu coração.

Cestia então olhou para o firmamento e disse:

— Quando nós, Cromos Vermelhos, nos erguermos novamente, prometo abolir o sistema de castas em meu reino. Esta guerra vai mudar as coisas, para sempre.

— Já mudou — pontuei.

Ela se inclinou para mais perto de mim, e eu instintivamente a abracei, sem ter certeza se estava sonhando.

— Por que você quer vir comigo? — indagou, olhando para mim. — Afinal, esta guerra não é sua.

Senti que a alma dela procurava algo que eu não sabia se tinha. De repente, palavras presas no fundo do meu coração enfim encontraram a liberdade.

— Porque me apaixonei por você no momento em que a vi. Porque, desde que a conheci, não consegui parar de pensar em você.

Ela não respondeu. Em vez disso, a mão dela alcançou a minha e seus lábios tocaram os meus como se fosse o ato mais natural de todos, como se fosse a coisa mais importante tanto no céu quanto na Terra. E, pelo menos naquela noite, era.

◆

CAPÍTULO 24

AS CIDADES GÊMEAS

Na manhã seguinte, um som alto e estridente me despertou do sono. Uma espada e um escudo foram atirados a meus pés por um Parabatai Vermelho, aparentemente não muito ansioso para se aproximar de mim.

Procurei por Cestia, mas ela não estava mais ao meu lado, e sim vestida com a máscara prateada e já montada no cavalo branco.

— Agora que o arlequim despertou do sono de beleza, vamos partir — disse. — Arrume suas coisas.

Ela disse isso como uma ordem, mas eu sorri, pois o tom de sua voz era mais suave: um maravilhoso lembrete de como as coisas mudaram entre nós. Com o novo alvorecer, senti um calor inesperado se apoderar de mim. Senti como se os deuses estivessem sempre ao meu lado a partir de então. Eu estava alegre.

Havia 24 Parabatai no total e eles fizeram duas fileiras: a feminina à esquerda e a masculina à direita. Eu me vesti bem depressa, joguei água no rosto e selei meu cavalo Preto, incitando-o para que chegasse aonde Cestia estava.

— Aonde estamos indo? — perguntei alegremente. — Para Doryca?

— Como disse ontem, Doryca e Crodya são bem próximas uma da outra. Portanto, vamos falar tanto com os Cromos Amarelos quanto com as Laranja.

Sua máscara me impediu de ver seu rosto, então eu não tinha nenhum sinal sobre seus pensamentos, mas naquele instante detectei uma leve tensão em sua voz.

— Está tudo bem?

— Sim! — respondeu ela ligeira, até demais.

Após nosso beijo à noite, dormimos inocentemente nos braços um do outro. Eu fizera algo para ofendê-la? Ou, mais provavelmente (disse a mim mesmo), eram os acontecimentos dos últimos dias que a incomodavam. Por que de repente ela estava agindo de forma tão reservada? Talvez seja coisa das cromos, pensei.

Galopamos lado a lado sem dizer nada por um bom tempo.

— Estive pensando em seus soldados Parabatai — falei enfim. — Não faz sentido tê-los como escolta.

— E por quê? — perguntou ela, com sua voz gélida.

— Bem, quando chegar a hora de lutar, quem seus guerreiros defenderão: os amantes ou você?

— Sei cuidar de mim mesma — assegurou, afastando-se.

Ela se adiantou e eu incitei meu cavalo a alcançá-la.

— Tem certeza de que está tudo bem? — indaguei de novo.

Nenhuma resposta.

— Algum problema, Cestia?

Com o rosto mascarado, a Princesa virou-se para mim.

— Algum problema? Tudo é um problema! — exclamou ela. — Meu reinado terminou, minha nação me odeia e... eu até desobedeci às Leis Coletivas!

— Quando você desobedeceu às Leis Coletivas? — questionei ingenuamente.

— Você! Nós! — retrucou ela. — Cromos de cores diferentes não podem ficar juntos. É errado!

— Mas eu não sou um cromo — falei, sorridente. — Sou um arlequim!

— Sim, você é, Asheva! — respondeu ela. — É um cromo Preto!

Você mesmo disse, está lembrado?

Assenti com a cabeça.

— Também disse que foi seu pai que me revelou que a cor cromática é uma mentira. Que nós não somos diferentes, e eu lhe mostrei o escópio para provar isso. É tudo uma mentira, Cestia. Nós somos iguais. E certamente não há nada de errado se um reles arlequim beijar uma bela Princesa Vermelha.

Para meu grande alívio, ouvi-a rir dentro da máscara.

— É verdade que os arlequins enganam, sem dúvida. Você é ótimo em enganar meu coração.

Eu ri com ela, mas fiquei um pouco confuso. O humor dela mudou mais rápido do que as nuvens no céu! Todas as cromos jovens eram como ela? Minha mãe nunca me pareceu ser assim, contudo, as cromos Pretas foram ensinadas desde tenra idade a serem exatamente como seus pares masculinos. Eu aprendera muito sobre os territórios, mas ainda não sabia nada sobre como cortejar uma cromo.

Cestia interrompeu meu devaneio.

— Venha, cavalgue comigo! — disse ela, atiçando o cavalo em um galope que me fez engolir uma nuvem de poeira.

Cavalgamos juntos o dia todo, bem longe dos Parabatai, e foi como se estivéssemos novamente sozinhos, falando sobre tudo e nada. Parecia que os deuses pararam o tempo apenas para nós dois, e eu nunca me sentira tão feliz. Enquanto perseguíamos um ao outro com nossos cavalos, prosseguimos para o leste, ao longo da cordilheira das Montanhas Laranja, até atingirmos um rio largo e calmo que eu nunca vira antes. Cestia disse que se chamava rio Yara.

Os pântanos de água doce criados a partir de inundações passadas e penhascos pedregosos caramelados proporcionaram um refúgio para a vida selvagem. Falcões gritantes voavam sob nossas cabeças.

À nossa direita, na sombra das montanhas, estavam duas cidades antigas que ficavam de frente uma para a outra ao longo do rio Yara. Embora separadas por ele, uma grande ponte suspensa as unia.

Era fácil dizer que as cidades foram projetadas pela mesma mão. Cada uma tinha o mesmo estilo de torres e palácios de vários andares com cúpula dupla, que podiam ser vistos espreitando por trás dos muros de pedra. A única diferença era que a cidade à direita ostentava uma imensa cúpula de cobre, enquanto a cidade à esquerda exibia uma cúpula de folha dourada. Outra característica das cidades era sua cor. A arte de pedra da cidade à direita tinha elementos laranja quentes, enquanto a cidade à esquerda fazia uso de rochas amarelas com grandes veios que brilhavam ao sol.

— Acho que suas jornadas ainda não o trouxeram às Cidades Gêmeas — disse Cestia, provavelmente percebendo meu deslumbramento.

Isso foi um eufemismo. Para mim, sua arquitetura era uma maravilha da arte antiga dos cromos, e suas cores eram tão vibrantes quanto uma fogueira. Eu não me importava de parecer um simples aldeão. Mal podia esperar para ver por mim mesmo, em primeira mão, que maravilhas aquelas cidades guardavam.

— Não tinha ideia de que eram idênticas — comentei.

— A da esquerda é Doryca, lar dos Cromos Amarelos, enquanto a da direita é...

— Crodya, a cidade dos Cromos Laranja — completei, de forma irônica. — Não é particularmente difícil de adivinhar.

Incitamos os cavalos a seguir, passando por mais rebanhos de gado no pasto. Naquelas circunstâncias, vi cromos Amarelos e Laranja pastoreando seus rebanhos. Quando nos viram, tomaram o caminho mais curto em direção a suas respectivas cidades.

— Por que têm medo de nós? — questionou-se Cestia.

— Tenho certeza de que a notícia da guerra entre os Cromos Vermelhos e os Cromos Pretos os deixaram cautelosos — ponderei. — E seus guerreiros Parabatai também não parecem amigáveis.

— O que você sugere que façamos então? — perguntou.

— Poderíamos deixar seus soldados aqui enquanto eu e você diremos a eles por que viemos.

Ela pensou um pouco, então respondeu:

— Não, é melhor eu ir com minhas guerreiras, em vez disso. Irei primeiro à Crodya. Você esperará pelo meu retorno com os guerreiros Parabatai, às margens do rio.

— Desde quando você me dá ordens? — retruquei. — E se eu quiser ir também?

— A escolha é sua — disse ela calmamente. — Saiba apenas isto: nenhum cromo masculino é permitido dentro de Crodya, e as Irmãs têm a ordem de matar qualquer um que tente entrar.

Olhei para ela surpreso.

— Você quer dizer que Crodya é constituída apenas por cromos mulheres?

— Pensei que um arlequim saberia disso — respondeu ela. —E Doryca permite apenas a entrada de cromos homens.

Antes que eu pudesse fazer mais perguntas sobre como as coisas funcionavam entre as duas cidades, ela ordenou que as guardas a seguissem e se dirigiram para a entrada. Os guerreiros Parabatai retiraram-se obedientemente para a margem do rio mais próxima.

— Espere! — gritei para Cestia. — Eu também vou!

Cestia olhou para trás e disse:

— Não ouviu o que eu disse? Nenhum cromo homem é permitido em Crodya!

— Assim como nenhum janis era permitido em Samaris, e mesmo assim eu entrei, não é mesmo? — refutei.

Na verdade, eu não queria vê-la ir sozinha para a cidade Laranja. Estava preocupado que algo pudesse acontecer com ela, pois o choque entre os Cromos Pretos e os Vermelhos deixaram todos mais curiosos e mais perigosos.

— Como exatamente você vai entrar em Crodya? — perguntou ela.

— Bem, você terá que descobrir, Sua Alteza — respondi ironicamente.

E então, segui diretamente para a entrada de Crodya. Não olhei para trás, mas depois a ouvi dizer:

— Espere! Espere por mim!

Parei e esperei que se aproximasse mais uma vez de mim. A guarda Parabatai seguiu o exemplo.

— Diga a suas guardas para se unirem a seus pares perto do rio. Iremos apenas eu e você.

— Por quê?

— Porque vai parecer menos ameaçador para as Cromos Laranja.

Por um breve instante, ela ficou parada em cima do cavalo, incerta do que fazer. Então, assentiu com a cabeça e deu a ordem. A guarda Parabatai retirou-se em silêncio.

— E agora, arlequim? — perguntou, de um jeito irônico. — Que mágica você preparou para nos fazer entrar?

Suas palavras de repente me deram uma ideia. Naquele momento, eu sabia o que fazer.

— Agora entramos em Crodya — expliquei calmamente. — Basta seguir meu exemplo e minhas palavras.

Enquanto nos aproximávamos das muralhas da cidade Laranja, olhei para trás verificando se algum dos Cromos Amarelos planejava nos atacar pela retaguarda, mas a parte da ponte que levava à cidade Amarela permaneceu deserta.

— Isto é estranho… — sussurrei para Cestia.

— O quê?

— Os Cromos Amarelos se trancaram dentro de Doryca. Consigo vê-los nas muralhas. Estão apenas nos observando para ver o que pretendemos fazer com as Cromos Laranja. Eles não estão as ajudando.

— É assim que as coisas são nas Cidades Gêmeas — disse Cestia. — Tão perto e ao mesmo tempo tão longe.

Um pesado portão de ferro, enfeitado com pergaminho de cobre, barrava a única entrada em Crodya. A janela de uma torre de guarda próxima foi preenchida com máscaras de penas laranja usadas por arqueiras que apontavam seus arcos em nossa direção. Elas faziam sons de uivos ondulantes. Em pouco tempo, juntaram-se a elas centenas de outras guerreiras mascaradas no topo das muralhas da cidade. Ergui meus braços em sinal de paz. Em resposta, uma flecha voou rente à minha cabeça.

— Você! — gritou uma cromo cheia de plumas. — O que está sem máscara! Vá embora ou a próxima flecha não errará o alvo!

— Faça o que elas dizem, Asheva! — disse Cestia, em um tom preocupado.

— Se eu for embora, outros milhares como eu virão, e então o que vocês vão fazer? — gritei em resposta.

Eu as observei, falaram umas com as outras em um tom comedido e nervoso.

— O que está dizendo? Você enlouqueceu? — sussurrou Cestia, claramente intrigada também.

— Quem é você? — rosnou a mesma cromo mascarada que antes me dirigira a palavra.

— Você sabe quem eu sou. Há incontáveis histórias sobre mim. Sou o Arlequim Vermelho.

Quando ouviram essas palavras, as cromos Laranja irromperam em um frenesi.

— Excelente trabalho. Você vai matar nós dois agora! — sibilou Cestia.

Outra cromo Laranja mascarada inclinou-se sobre a muralha e disse:

— Não acredito em você! É muito jovem para ser ele!

Outra ainda me desafiou:

— Se é mesmo quem diz ser, então prove!

Pensei nas histórias que foram contadas em Axyum sobre o Arlequim Vermelho: ele bebe sangue, voa no céu e rapta crianças. Eu me perguntava se as mesmas histórias eram contadas para as Cromos Laranja.

— Você não pode provar nada, Asheva! — sussurrou Cestia. — Devíamos desaparecer enquanto ainda respiramos.

— Desaparecer... — concordei. — Arlequins desaparecem.

Lembrei-me do rito Verde da Moxia.

Berrei a plenos pulmões:

— Muito bem! Para provar minha identidade, desaparecerei e reaparecerei bem diante dos seus olhos.

— Ah! Estou muito curiosa para ver isso — disse a cromo Laranja que me desafiou pela primeira vez.

— Farei isso com uma condição! — retruquei. — Se eu tiver êxito, você deve permitir que eu e minha companheira entremos em sua cidade, ilesos, para que possamos falar com vocês.

Isso resultou em mais uma discussão.

— Vocês nos superam em número. E juro pelos deuses dos territórios que venho como amigo — acrescentei.

Esse foi um juramento solene para ser tratado de forma leviana.

Até que enfim a líder Laranja gritou:

— Estamos de acordo!

Sem mais delongas, desci do cavalo e caminhei até a margem do rio. Escondi-me atrás do animal tempo o suficiente para pegar a bolsa de pós coloridos que Failan me dera e comecei a colorir o rosto, o cabelo e as vestes com a cor da ponte.

Quando terminei de pintar o corpo, o chão, o entorno e eu, éramos um só.

— Conseguem me ver agora? — gritei.

Ouvi Cestia sussurrar:

— Incrível!

Também fiquei satisfeito ao ouvir um refrão de "Oh" e "Ah" das cromos Laranja.

Eu sabia que o efeito visto de cima das muralhas de Crodya seria ainda mais eficaz se eu caminhasse, sem ser visto, para outro lugar, então lentamente fui da ponte até o portão da cidade. Com os olhos meio cerrados, ainda podia ver a agitação que minha camuflagem gerava. Comecei então a subir o muro, usando as pedras acidentadas como suporte. Enquanto as cromos Laranja ainda me procuravam junto à ponte do rio, eu "apareci" atrás delas, no topo da torre.

— Agora, então, por favor, abram as portas para que minha amiga possa entrar também! — disse.

Tive que me esforçar muito para não rir do pânico cômico que criei entre as sentinelas.

CAPÍTULO 25

A IRMANDADE

A cromo que assumiu a liderança ao falar comigo na muralha guiou Cestia e eu pela cidade, em direção ao palácio. Seu nome era Nara. Ela era baixa e atarracada, sem dúvida idosa, mas todos abriam espaço e se curvavam com profundo respeito enquanto ela passava. Orgulhava-se de Crodya e esforçava-se para nos avisar e apontar seus pontos turísticos mais ilustres. Eu não sabia dizer se seria mantido como refém ou submetido a uma visita guiada.

— Crodya — começou ela — foi fundada por uma cromo conhecida como a primeira Nara. No início, Nara era membro de uma tribo que não sabia que tinha a cor cromática dentro de si. Foi ela quem descobriu e percebeu que as cromos da tribo tinham uma cor diferente dos cromos.

— Cores diferentes, mesma história — sussurrei à Cestia enquanto seguimos a cromo Laranja.

— O que você quer dizer? — disse ela.

— É tudo uma questão de poder — murmurei. — Todo governante se esforça muito para justificar seu direito de governar. Inclusive inventam histórias.

— Lembre-se de que precisamos da ajuda delas — disse Cestia.

Nara prosseguiu sua história:

— A tribo então se dividiu em Cromos Laranja e Cromos Amarelos e lutou pelo controle deste território, e mais uma vez foi a primeira Nara que encontrou a solução de dividi-lo a fim de manter a paz.

"Primeiro dividir, depois conquistar e usar a paz como um pretexto", pensei.

— Crodya ainda mudou de mãos mais vezes do que a maioria dos cromos se importaria em lembrar, até a criação de um conselho de tribunal conhecido como a Irmandade...

— As Cromos Laranja — continuou — preservaram sua arquitetura mista, as ruelas arcaicas, os currais espaçosos para bovinos, as amendoeiras antigas e a praça movimentada da cidade como um lembrete do passado. Porém, elas impulsionaram seu território graças aos bons negócios não apenas com os Cromos Amarelos, mas também com os Vermelhos e os Azuis. Suas vacas perambulavam livres por toda parte dentro da cidade, e alguns desses animais eram considerados sagrados. Eles tinham peles brancas, cuidadosamente tatuadas com elaborados símbolos alaranjados e eram alimentados com uma dieta constante de amêndoas. Mas faltava algo...

Havia tanto para absorver que levei algum tempo para perceber que eu atraíra uma multidão e tanto. Cromos Laranja me seguiam, rindo e apontando. Algumas delas faziam gestos lascivos para o divertimento das compatriotas, que morriam de rir. As crianças se aproximavam timidamente e me tocavam, depois fugiam, rindo como loucas. No início, pensei que todo o alvoroço se devia ao fato de eu ser um estranho e um arlequim, alguém sem máscara, apenas isso. Entretanto, percebi que era por eu ser o único cromo em uma cidade de cromos mulheres.

Sem muita cerimônia, fomos conduzidos para dentro do palácio que dominava Crodya. Eu e Cestia olhamos para cima observando o teto circular de cobre acima de nós. A luz do sol entrava pelos vitrais, iluminando um piso polido feito da mesma rocha vermelho-alaranjada que eu vira no esconderijo do santuário da montanha Vermelha.

Nossa presença ali também despertou muita curiosidade. O salão abobadado estava repleto de cromos Laranja de todas as idades, todas ansiosas para ver o Arlequim Vermelho. Elas falavam em sussurros, que lembravam as abelhas das Cantoras Estelares em Everdia. Verdade seja dita, não era uma sensação boa.

Quatro cromos deram um passo à frente, e as outras ficaram em silêncio enquanto voltavam para dar lugar a elas: uma criança, uma jovem adulta, a próxima mais velha e a quarta era nossa anfitriã, Nara. As mais jovens não tinham penas em suas máscaras, mas as duas mais velhas tinham várias.

— Então, você é o Arlequim Vermelho — disse aquela que tinha mais ou menos a mesma idade que eu em número de solstícios.

Eu não tinha certeza se era uma pergunta ou uma afirmação. Atrás da máscara, seus olhos estavam fixos em mim.

— De fato, eu sou — disse.

— E quem é você? — perguntou à Cestia de maneira arrogante.

— Sou Cestia, filha do Rei Quadrio, Princesa de Samaris — respondeu ela. — E vim para perguntar...

— Ouviram ela, Irmãs? — interrompeu a cromo Laranja de meia-idade. — Mal entrou em nosso santuário e já está fazendo pedidos!

— E ainda na companhia do Arlequim Vermelho! — falou Nara, abafando o riso enquanto voltava-se para as demais.

O barulho das gargalhadas soou pela câmara cavernosa. No entanto, eram risadas nervosas, que ecoaram de volta para mim de uma forma que fez os pelos da minha nuca se arrepiarem.

— Vamos ouvir o que eles têm a dizer! — exclamou a criança, a mais nova das quatro, com uma voz estridente.

Ao contrário do que eu esperava, o enxame Laranja ficou em silêncio.

Falei, então:

— Viemos aqui para avisá-las, honrosas Irmãs Laranja. Certamente, vocês sabem o que aconteceu em Samaris. Os Cromos Pretos desobedeceram às Leis Coletivas e destruíram a cidade. Milhares de Cromos Vermelhos estão mortos. Nada jamais será como antes. Nenhuma nação pode detê-los a menos que todas as nações formem uma aliança contra eles.

A cromo de meia-idade falou:

— Por que isso poderia interessar ao Arlequim Vermelho? Para que ele possa governar nossa terra com seus semelhantes, depois de lutarmos a guerra por ele?

— Talvez você conheça a história de como os Arlequins se tornaram os bodes expiatórios marginais dos territórios — respondi. — Porém, na realidade, eles eram os únicos cromos livres, que só desejavam a paz e a prosperidade entre os clãs. E, acima de tudo, a igualdade entre os cromos.

— Se você quer paz, por que nos ameaça com seu exército? — gritou alguém.

— O único exército que ameaça vocês é o Preto — repeti, procurando aquela que falara.

— Não estamos em guerra contra os Cromos Pretos — disse Nara. Ela apontou para Cestia.

— Você está! E tenta nos fazer participar de sua vingança. Não teremos nenhuma participação nisso.

A segunda mais velha acrescentou:

— Nós, Cromos Laranja, não gostamos de guerra. Queremos ser deixadas em paz.

— Por favor! — disse Cestia. — Se você leva suas filhas e seu futuro no coração, deve nos ajudar.

— Ouvi seu lamento, irmã Vermelha — disse ela —, mas nossa Irmandade sobreviveu a guerras intermináveis entre os outros cromos ficando em nossas queridas Montanhas Laranja e *fora* de seus assuntos.

— Desta vez, será diferente — respondeu Cestia.

— Nossa resposta ainda é não — afirmou a Irmã mais velha, enquanto as outras assentiram com a cabeça em concordância.

— Ouvimos você, agora é hora de deixar Crodya de vez.

— Espere, Irmã! — exclamou a segunda mais nova. — É noite. Permita que eles fiquem até o amanhecer.

Senti como se a Irmã Laranja que falou estivesse decerto falando por mim, e devo confessar que não fiquei totalmente descontente com aquele pensamento.

A mais velha das quatro falou novamente:

— Já trouxemos má sorte a nós mesmas ao deixar um cromo entrar em nossas muralhas.

— Mas ele não é um cromo comum! Ele é um arlequim! — sussurrou ela então para a mais velha.

— Não precisamos da sua piedade. Ficaremos felizes em partir — declarou Cestia.

Agarrei o braço dela e sussurrei:

— Pense por um instante! Se formos embora, perdemos. Se ficarmos, teremos mais uma chance de convencê-las.

— Convencê-las como? — sussurrou ela de volta.

Eu ainda não sabia como, mas nunca deixei que isso me impedisse antes. Voltei-me para a única Irmã que mostrara simpatia por mim desde o início e disse:

— A Princesa Vermelha pede desculpas pelas palavras. Nós ficaríamos gratos em permanecer como seus convidados esta noite.

— Muito bem — disse a mais velha das quatro Irmãs, provavelmente satisfeita por ter me visto colocar Cestia em seu lugar. — Suponho que Shaina esteja certa. A lei diz respeito aos cromos, não aos arlequins. Vamos preparar um jantar digno da Irmandade Laranja.

Talvez fosse apenas minha imaginação, mas o burburinho parecia aumentar de empolgação. Eu e Cestia fomos conduzidos a um salão de banquetes que continha uma longa mesa em forma de ferradura. Uma das paredes era vazada para um grande terraço do qual se avistava a cidade inteira.

Uma vez que as Cromos Laranja eram especialistas na criação de gado, o jantar continha uma sucessão das melhores carnes que já saboreei. Eu me sentei próximo da Irmã que tinha mais ou menos minha idade, aquela que a Irmã mais velha chamara de Shaina.

Cestia foi posta no outro extremo da mesa. Ambos estávamos certos de que esta separação era intencional, mas não havia nada que pudéssemos dizer ou fazer sem parecer mal-educados.

Foi-nos servido um guisado de cebola picante e tutano, seguido de rodadas de carne de boi no alecrim com um delicioso acompanhamento de inhame, do rio Yara, assado. Uma pasta leve de amêndoas em uma crosta laminada em flocos, banhada em um creme espesso e doce, cobria a refeição. As Irmãs prepararam um vinho caseiro de pêssegos que acompanhou o jantar e cuja intensidade era enganosa. Rapidamente, todos ficamos com as línguas soltas.

— Vocês Arlequins certamente têm um apetite voraz — declarou Shaina enquanto olhava para mim por trás de sua máscara de âmbar.

A maneira como as fendas dos olhos foram cortadas na máscara dela lembrava um felino. Assim como todos os cromos que comiam e bebiam em público com as máscaras, Shaina erguia a dela apenas o suficiente para mordiscar pedacinhos da comida.

Contudo, mesmo enquanto comia, seus olhos de avelã permaneceram fixos em mim.

— Olhar você comendo com o rosto descoberto me dá uma sensação tão estranha! — confessou ela, que agarrou minha mão e a colocou em seu coração, para que eu pudesse senti-la tremer.

A ação não passou despercebida por Cestia.

— Talvez você pudesse tirar a máscara também — sugeri sorrindo. — Isso me daria uma sensação estranha.

— O quê? Ah! — riu ela, e os caracóis loiros de seus cabelos balançaram de uma maneira muito cativante, iluminados pelas velas. — Eu *nunca* poderia ser tão ousada! Só de pensar nisso... Nunca tiramos as máscaras em público, nem mesmo durante a Pygma, ou deveria dizer, *especialmente* durante a Pygma!

— O que é a Pygma?

— Ah! É claro! Você não poderia saber... bem, é... é quando nós, Cromos Laranja, nos reunimos com os Cromos Amarelos. Isso é feito para perpetuar nossa nação com novos descendentes Laranja.

— E quanto aos recém-nascidos homens? — perguntei um pouco desconfortável.

— Ah, eles nascem Cromos Amarelos, claro, e são imediatamente enviados para Doryca.

— Ah, entendi — disse, tranquilizado.

Inclinei-me para frente. Minha cabeça girava um pouco. Olhei fundo naqueles olhos avelãs e felinos e disse:

— Fale mais sobre a Pygma.

Ela riu e levou a mão perto dos lábios.

— Bem, eu ainda não, quero dizer, minha máscara ainda não está emplumada...

— Vejo que você está apreciando sua refeição — interrompeu alguém atrás de nós. Era Cestia.

— Sim — gaguejei. — Shaina estava explicando algumas das... hum... *cerimônias* entre as Cromos Laranja e os Amarelos.

— Sim — afirmou Shaina. — Não é algo que seria de interesse para uma irmã Vermelha.

— Ah, é mesmo? Desde quando você sabe o que interessa a uma irmã Vermelha? — perguntou Cestia.

Sentindo o perigo, eu me levantei e anunciei:

— Bem, nossa viagem foi longa e estamos cansados. Chegou a hora de nos retirarmos. Obrigado por este maravilhoso banquete.

Mais do que depressa, afastei Cestia para longe.

— Não me empurre — disse ela.

— Você está arruinando tudo! — sussurrei. — A última coisa que queremos é deixá-las furiosas conosco!

Deixamos o banquete e fomos para o terraço ao ar livre.

— Ainda há uma chance de conquistá-las! — afirmei.

Eu estava tendo dificuldade para pensar claramente.

— Ah, sim, vi como você quer conquistá-las!

— Não, me ouça! Acho que descobri a forma...

— Como?

— Usando os Cromos Amarelos! — respondi. — Esta divisão entre os Cromos Amarelos e as Laranja me fez pensar... Você vai ver amanhã. Confie em mim. Agora, vou voltar ao banquete e ver o que mais posso descobrir sobre as Irmãs.

— Não faria isso se fosse você — respondeu Cestia.

— Por que não?

— Há algumas cerimônias Laranja que você obviamente não conhece — explicou, em um tom sério. — Elas fazem certos... sacrifícios ao altar de sua deusa. Não sei ao certo, mas por que mais elas deixariam você entrar e preparariam um banquete?

— Você está querendo me enganar! — retruquei.

— Acredite no que quiser — disse. — Mas se eu fosse você, sairia agora, antes do banquete terminar. E sem contar a ninguém. Eu poderia apenas dizer que o Arlequim Vermelho fugiu!

Aproximei-me dela e falei suavemente:

— Jamais fugiria sem você.

Segurei a mão dela e depois voltei para o jantar. Recusei-me a acreditar no que Cestia me dissera e, além disso, eu sabia bem como era comum que mitos e mentiras sobre diferentes cromos se disseminassem nos territórios. Eu, o Arlequim Vermelho, era de fato o grande mestre das mentiras e as transformava para servir ao meu propósito. Só não tinha certeza se dissera isso em voz alta.

— Venha, arlequiiim!

Ouvi todas as Irmãs chamarem.

Shaina aproximou-se de mim segurando uma xícara e disse, rindo:

— Vamos beber este néctar juntos para selar nossa amizade!

Eu bebi e depois bebi mais um pouco, até que risos e burburinhos suprimiram todos os meus sentidos. E foi aí que percebi, tarde demais, que havia algo errado.

Quando abri os olhos, senti-me mais uma vez atordoado e confuso. O banquete terminara. Não havia mais mesas nem comida: só restava o burburinho e as gargalhadas, que eram estranhas, malignas. Minha cabeça doía, e meu corpo estava pesado.

— Ha, ha, vejam o arlequim agora!

Reconheci aquela voz. Shaina! Ela estava em cima de mim segurando um cutelo. Ela e suas muitas outras Irmãs, centenas delas, estavam todas de cabeça para baixo. Que truque era aquele?

— Você pensou que poderia vir aqui e fazer o que quisesse com as Cromos Laranja, arlequim... — sussurrou ela em tom manhoso.

Percebi que era o único de cabeça para baixo, suspenso do teto de cobre do salão de banquetes.

Eu estava amarrado como um animal pronto para ser esquartejado.

— Diga onde seu exército de arlequins se esconde! Nós iremos e os faremos saber que seu Rei está à nossa mercê!

— Me desamarrem, suas tolas!

Quando disse isso, olhei de forma frenética pela sala à procura de Cestia. Mas tudo o que consegui ver foram vestes laranja e nenhum manto vermelho.

— Quem é o tolo entre nós? — disse a Irmã mais velha. — Foi preciso apenas o esforço de uma jovem Irmã para capturar o Arlequim Vermelho com um sorriso! Apesar de tudo o que possa pensar que é, você não passa de um cromo.

— Agora revele onde está seu exército, antes de derramarmos seu sangue pelo chão! — sibilou a segunda Irmã mais velha.

— Suas cromos tolas e insensatas! — disse com raiva.

Minha cabeça parecia estar prestes a explodir.

— Não há exército lá fora. A razão pela qual eu vim aqui é para ajudar, não para atacar!

— Ouviram isso, Irmãs? Ele quer nos ajudar! Assim como os cromos Amarelos sempre querem nos ajudar! Pobres de nós! O que faríamos sem guerreiros tão corajosos?

Todas riram como megeras inebriadas.

— Não somos cromos indefesas, arlequim! — falou Shaina mais uma vez em tom manhoso. — Desde o início dos tempos, nós, Irmãs, cuidamos umas das outras sem precisar de mais ninguém.

— Aonde isso as levou? — perguntei. — Escondidas dentro de uma fortaleza, atoladas em seu próprio egoísmo! Sei a verdade a respeito de vocês.

— Como assim? — indagou a criança.

— Você me disse que seus antepassados e os dos Cromos Amarelos construíram duas cidades iguais: uma o reflexo da outra, como dois lados da mesma moeda. Vocês e os Cromos Amarelos são um e a mesma coisa. Pela mesma razão estúpida de outros territórios terem sido divididos, vocês deixaram que um governante também as dividisse. Sua preciosa Primeira Nara, por que ela fez isso? Para impedir a luta? Não! Ela só queria consolidar o próprio poder!

— Basta! — gritou a segunda mais velha. — Diga onde seus arlequins estão escondidos!

— Bem aqui! — respondeu alguém do fundo do salão.

Todas as Irmãs viraram-se. Eu não conseguia ver, mas soube de imediato de quem era a voz.

— Daerec! — gritei.

Nunca tive tanto prazer em reconhecer a voz de um amigo.

Daerec avançou, com o resto de meus arlequins e vários cromos Verdes. Notei então um manto vermelho atrás deles. Cestia também estava lá e, daquela vez, na companhia de todos os guerreiros Parabatai.

— No fim das contas, sua fortaleza não é tão difícil de ser tomada, especialmente quando todas vocês, tolas Cromos Laranja, estão muito concentradas em pendurar nosso mestre como uma pinhata cheia de guloseimas! — disse Daerec. — Xai, liberte nosso *Rei*.

Xai atravessou a perplexa multidão Laranja. Ele cortou a corda, e eu caí com força, mas meu ego ficou ainda mais ferido. Jurei nunca mais ser tão descuidado.

— Você não pensou que ficaríamos todos em Everdia esperando, não é mesmo? — disse Daerec, sorrindo.

Segurei o braço dele e sorri.

— Como você me encontrou?

Ele apontou para os cromos Verdes que o acompanhavam.

— Acontece que eles podem fazer mais do que se tornar invisíveis. Também podem encontrar arlequins! Cestia nos guiou pelo resto do caminho.

— Fomos realmente tolas! — gritou a segunda mais velha das Irmãs, interrompendo-nos. — Tolas ao pensar que este grupo heterogêneo de jovens poderia realmente nos representar uma ameaça!

— Ah, eu sei que não somos uma ameaça, cromo Laranja — respondeu Daerec. — O exército Preto está vindo para cá, *eles* são a ameaça.

— Mentiras!

Daerec deu de ombros.

— Envie batedoras e veja por si mesma. Vá em frente. Perca mais tempo se recusando a acreditar em nós. Mas posso dizer isto: nós os vimos marchando na Canceriana — disse ele. — Deve haver pelo menos dez legiões.

As Irmãs zumbiram novamente.

— Mas por quê? — suspirou a Irmã mais velha em descrença. — O que fizemos a eles?

— Vocês cometeram o crime de não terem nascido na Nação Preta — retruquei.

Voltei-me para Daerec.

— Onde está o exército Preto agora?

— Há um dia de viagem a partir daqui. Talvez dois.

Em seguida, recorri às quatro Irmãs que me enganaram.

— Precisamos alertar também os Cromos Amarelos e buscar seu apoio.

— Ah! Não pediremos a ajuda deles! — disse uma delas.

— Se vocês não fizerem isso, então eu farei — disse. — E sei exatamente como convencê-los.

Não esperei por uma resposta e saí da sala, com Cestia ao meu lado.

— Peço desculpas por não ter escutado você — sussurrei. — Era o vinho falando.

— Fico feliz em ver que você ainda é um touro vivaz — animou-se ela. — Mas não se surpreenda se, um dia, eu lhe enfiar um anel no nariz.

CAPÍTULO 26

O SOL E A LUA

No dia seguinte, atravessamos a longa ponte que separava Crodya de Doryca. Como a cidade Laranja, a cidade Amarela de Doryca tinha uma cúpula idêntica sobre um palácio monolítico, feita pelas mesmas mãos que construíram Crodya. Pelo que eu sabia, poderíamos ter incendiado a cidade Laranja que os Cromos Amarelos permaneceriam impassíveis em relação a isso.

Quando passamos a ponte sobre o rio e entramos no território Amarelo, olhei para cima e percebi que muitos falcões sobrevoavam a cidade.

— Quem está aí? — gritou um sentinela, observando acima dos portões de uma torre.

— Seus salvadores! — respondeu Daerec.

— Sua modéstia é impressionante! — comentou Cestia. — E você acha que isso vai convencê-los a abrir os portões?

Os falcões mergulharam no ar, fazendo círculos lentos, na nossa direção.

— O que essas aves estão fazendo? — perguntei.

Assim que disse isso, um dos falcões atacou Cestia. O pássaro desceu, na velocidade da luz, e tentou atingi-la com o bico.

Felizmente, sua máscara a salvou de cicatrizes.

— Ai! Me deixa em paz! — berrou ela, enquanto as garras do falcão atingiam sua máscara.

Antes mesmo que os Parabatai pudessem intervir, eu saltei do cavalo e repeli o pássaro com a espada. Ele afastou-se de Cestia e retomou o voo em direção a Doryca. Contudo, outros falcões seguiram o exemplo e desceram das nuvens como pedras emplumadas, e logo estávamos lutando contra centenas deles. Era como se tudo fosse um borrão de asas, bicos e garras!

— Viemos em nome das Cromos Laranja! — berrei para os vigias que observavam nossa situação. — Viemos em nome da Irmandade! Permitam nossa entrada para que eu possa entregar a mensagem delas!

— Abrir nossos portões? Nem pensar — respondeu o vigia. — Sou a favor de deixar os falcões fazerem todo o trabalho duro, livrando-se de vocês.

— Só eu, sozinho, então! — gritei.

Ouvimos vários apitos agudos, e os pássaros recuaram, chegando às nuvens com suas asas poderosas. Vários pousaram sobre as luvas dos falcoeiros Amarelos que surgiram por trás das muralhas da cidade. Eles estiveram lá o tempo todo, guiando os pássaros em seu ataque.

Enquanto verificávamos apressadamente se alguém em nosso grupo havia se ferido de forma grave, uma voz masculina trovejou:

— Você diz que as Cromos Laranja o enviaram? Não vemos nenhuma delas acompanhando seu grupo. E vocês não usam máscaras. Como saberemos a que cromo pertencem? Como saberemos que isso não é uma armadilha?

A palavra "armadilha" ecoou por todo o vale estreito.

— Ele é o infame Arlequim Vermelho, mas diz a verdade!

Outra voz ecoou: a de Nara, a mais velha das Irmãs Laranja. Ela nos surpreendeu, e também aos cromos Amarelos, ao fazer uma aparição tardia para dar uma mãozinha. Ela marchou através da ponte, seguida por várias outras Irmãs. Juntas, pareciam um bando de grandes pássaros caminhando, com suas túnicas tremulantes e máscaras de penas.

— Estamos todos em grande perigo! Deixem o arlequim entrar! — gritou ela enquanto caminhava.

Houve um momento de silêncio. Finalmente, a mesma voz que falou antes berrou:

— Você! Aquele que a Irmã chamou de Arlequim Vermelho! Aproxime-se! Todos os outros se afastem!

— Espere! Eu vou com você — disse Cestia.

— Não, eu irei com ele! — retrucou Daerec.

— Não, eu disse que entraria sozinho e manterei minha palavra — afirmei.

Ouvimos o tilintar do pesado portão amarelo da cidade sendo aberto. Lentamente, as portas se separaram, mas apenas um pouquinho.

— Rápido! Venha! — gritou um cromo Amarelo mascarado que emergiu por trás das portas.

Assim que entrei na cidade, as portas bateram atrás de mim. Um grupo de cromos Amarelos, armado com lanças afiadas, me cercou. "Eles são tão apreensivos quanto as cromos Laranja", pensei.

— O que... é você? — interrogou um deles, desconfiado.

— O que você quer? — indagou outro.

— Não queremos problemas — acrescentou um terceiro.

Pude sentir o nervosismo e o medo deles.

— Eu vim, com meus amigos, da sua cidade irmã, Crodya, onde nos encontramos com as Cromos Laranja. Elas insistiram para que déssemos a vocês a mesma mensagem que demos a elas.

Fiz uma pausa para ter certeza de que todos ouviam o que eu dizia.

— O exército Preto está chegando. E suas intenções não são pacíficas.

— Nós nos garantimos. Não somos uma ameaça para eles — disse um dos três cromos Amarelos.

— Se não são uma ameaça, por que eles estão marchando até aqui com seu exército? — questionei. — Se está tudo bem, por que vocês mantêm os portões da sua cidade trancados?

— Talvez para manter criaturas de aparência estranha e sem máscara do lado de fora — disse alguém acima de nós.

Olhei para cima e vi que o cromo Amarelo que falou estava em cima de uma torre. O sol atrás dele cegou meus olhos, impedindo-me de vê-lo com clareza. Consegui ver, todavia, um grande falcão repousando majestosamente em cima de sua manopla esquerda.

— Venha, jovem. Suba aqui.

Subi as escadas e cheguei ao topo da torre onde o cromo Amarelo olhava para o horizonte. Ele se virou e fez um gesto para que eu me aproximasse. Além de um manto de pele de bezerro, ele tinha uma pele marrom cobrindo o pescoço e uma máscara dourada anormalmente grande, com nariz e boca enormes. Era um cromo imenso, com quase o dobro do meu tamanho, e a julgar pelas cicatrizes na máscara, ele provavelmente presenciara muitos conflitos na vida.

Com um movimento rápido, ele permitiu que o falcão voasse para longe. Observamos enquanto o pássaro sobrevoava o estreito vale que dividia as Cidades Gêmeas. Abaixo de nós, parecia que todos os territórios estavam a nossos pés.

Quase se podia ver o mar no final das planícies a Leste, enquanto as colinas escuras da Nação Preta podiam ser avistadas a Oeste. À nossa frente, o rio percorria todo o caminho até o que parecia ser uma pequena estrada, que eu conhecia como a Canceriana.

O mesmo grupo de cromos que eu vira a caminho da Feira da Colheita, em Ayas, parecia caminhar por ela. Só que aqueles não eram comerciantes. Era o exército Preto.

O cromo Amarelo virou-se para mim.

— Em outra época, eu talvez teria mandado meu falcão matá-lo antes mesmo de conseguir pôr os olhos em Doryca — disse ele. — Mas meu instinto me diz que você aqui e o exército Preto lá estão interligados, de alguma forma.

Ele apontou para a mancha preta na Canceriana. A pele de sua grande mão direita tinha a cor do sol, provavelmente devido aos muitos dias passados nas Montanhas Amarelas.

— Sou Asheva — disse — e, em outra época, eu estaria com eles, como parte do exército.

— Sou o Irmão Ddeko — disse, enquanto acenava com a cabeça.

Ele virou-se mais uma vez para acompanhar o ponto escuro

movendo-se no horizonte.

— Na chegada do próximo alvorecer, eles nos alcançarão e o cerco começará. Não somos guerreiros, Asheva. Sempre estivemos aqui nas montanhas e nunca fizemos mal a ninguém.

Suas palavras pareciam sinceras, e eu não tinha motivos para acreditar no contrário.

— Já faz muito tempo que alguém não nos ataca, mas temos nossos segredos. As montanhas nos protegerão.

— Suas montanhas não vão protegê-los! Eventualmente, os Cromos Pretos encontrarão vocês. E as Cromos Laranja? Se vocês se esconderem, com certeza os Cromos Pretos as atacarão primeiro!

— As Irmãs sabem como cuidar de si mesmas. Elas não precisam da nossa ajuda.

— Ou, talvez, vocês precisem uns dos outros. Separados, serão uma presa mais fácil do que se estiverem unidos — argumentei.

Ddeko deu de ombros.

— Sempre foi assim. Nossas duas nações viveram de forma separada, mas pacífica, cada uma de um lado do rio. Resistimos a outras tormentas. Também vamos resistir a esta.

— Não, vocês não vão! — protestei. — Só porque algo tem sido igual por séculos não significa que permanecerá assim para sempre. Tudo muda! Está na hora de vocês mudarem também ou serão extintos.

— Nunca seremos extintos — disse ele, erguendo a voz. — Assim como as Montanhas Amarelas que nos criaram, nós permaneceremos aqui para sempre!

— As montanhas são constantemente erodidas pelo vento ao mesmo tempo que um súbito terremoto pode fazê-las desmoronar! — contestei. — O vento da guerra varreu a cidade Vermelha de Samaris antes mesmo que soubessem o que estava acontecendo, pondo toda uma nação de joelhos. Estive lá para testemunhar isso! É o que você deseja para os Cromos Amarelos?

— Então o que você sugere? — perguntou ele enfim.

Diz-se que os deuses permitem que os mortos venham em nosso auxílio em momentos de necessidade. As palavras que pronunciei não eram minhas, mas de Chtomio:

— Você deve unir forças com as Cromos Laranja e depois dar aos Cromos Pretos o mesmo remédio que eles deram aos territórios: o medo.

Prossegui e expliquei a estratégia que eu tinha em mente.

Ele me ouviu sem interrupções.

Quando terminei, ele pareceu refletir cuidadosamente sobre meu plano, dizendo enfim:

— Você vem aqui, um desconhecido para mim, e me pede para colocar minha nação em risco dessa forma? Como vou saber que você não foi enviado pelos próprios Cromos Pretos?

Apontei para baixo, onde Cestia e Daerec estavam, ambos olhando para cima e esperando com os outros.

— O que você vê lá embaixo é o começo de algo novo. Cromos Verdes, Laranja e Vermelhos juntos. Os Cromos Pretos nunca conseguiriam uma aliança semelhante.

— Mas você disse que já foi um cromo Preto.

— O passado não importa mais. O que conta é apenas o presente.

— E você diz que as Cromos Laranja também concordaram com isso? —perguntou.

Assenti com a cabeça.

Ele olhou mais uma vez pelo vale como se estivesse contemplando minhas palavras até que enfim balançou a cabeça.

— Não, não faremos nada do que você sugeriu. Superaremos isso à nossa maneira, como sempre fizemos.

— Como? Escondendo-se? — repliquei incredulamente. — Os Cromos Pretos não irão embora, Irmão.

Ele permaneceu em silêncio.

Depois, dei minha última cartada e acrescentei ao me retirar:

— As Cromos Laranja estavam certas a seu respeito. Eu deveria ter ouvido as Irmãs desde o início.

Após dizer isso, comecei a descer as escadas lentamente.

— Espere! — disse ele.

Eu parei.

— O que elas disseram?

Virei-me e respondi:

— As Irmãs me avisaram que os Cromos Amarelos seriam

covardes demais para seguir tal plano e que, como sempre, o destino das Cidades Gêmeas dependeria inteiramente delas.

— Como *sempre*? Quando elas fizeram alguma coisa por nós? Aquelas megeras!

Dei de ombros e acrescentei:

— Eu não queria acreditar que os cromos seriam menos corajosos que as cromos, mas acho que é verdade. Crodya é um grande sol, e Doryca parece mais como uma pequena lua em comparação. Essas foram as palavras exatas usadas pelas Irmãs.

Pude sentir a raiva de Ddeko subindo e ri silenciosamente, sabendo que enfim atingira o ponto certo.

— O grande sol e a pequena lua, é?! Eu lhes darei o sol! Fomos nós Cromos Amarelos que construímos a represa acima do rio Yara! Nós!

Ele bateu com tanta força no próprio peito que pensei que iria levar um tombo.

— E quem se beneficiou? Foram elas! Fomos nós quem as ensinamos a domesticar o gado!

Fiquei ali, sem dizer uma palavra, esperando que ele mordesse a isca.

— As Cromos Laranja! Ora! — continuou Ddeko. — Birutas vazias e ingratas é o que elas são!

— Ainda assim, elas se sacrificariam, mesmo pelos Cromos Amarelos — assinalei.

— Deixe-me dizer, nós fazemos os sacrifícios por elas! Não o contrário! E desta vez não será diferente!

— Então vocês *vão* nos ajudar? — perguntei, imprimindo um tom de respeito em minha voz.

Ele assentiu, mas depois suspirou:

— Ainda precisamos de tempo para colocar seu plano em ação, mas não sabemos quanto tempo nos resta.

— Mais uma razão para agir agora — pontuei.

— O sol e a lua — murmurou ele para si mesmo.

— Unidos, eles podem lançar luz na escuridão — comentei.

Pouco tempo depois, uma delegação de cromos Laranja e Amarelos reuniu-se na metade do caminho da ponte, acompanhada por nós, os Arlequins, e Cestia. As quatro Irmãs que lideravam a Irmandade, e vários Irmãos liderados por Ddeko estavam lá. Seguiu-se um momento de constrangimento até que Ddeko falou primeiro:

— Vejo que você ainda tem minha pena, Sitria — disse ele, dirigindo-se à segunda mais velha das Irmãs.

— Mas é claro, Ddeko, foi minha primeira. Como eu poderia me esquecer?

— Bem... quem sabe. Talvez o sol tenha queimado a lembrança! — resmungou ele.

— Não entendi... — respondeu Sitria.

— Muito bem — pronunciei, encurtando a conversa —, vamos rever o plano, juntos. Precisaremos das melhores cromos Laranja e dos Amarelos, aqui fora, com meus arlequins...

— E de bois também — acrescentou Daerec. — Muitos bois mortos.

◆

CAPÍTULO 27

O RIO DE SANGUE

O exército Preto atacou no quarto amanhecer após nossa chegada às Cidades Gêmeas. Eles marcharam em nossa direção, sem pressa, como um puma perseguindo vagarosamente um coelho. Arrogantes como eram e fortalecidos por sua vitória sobre os Cromos Vermelhos, provavelmente consideraram o confronto mais como um exercício prático do que como uma batalha de verdade. Seu desprezo pelas Cromos Laranja e pelos Amarelos era tão grande que nem se preocuparam em trazer consigo suas torres de cerco móveis. Contei as filas de soldados de longe e fiquei feliz de ver que eles também não mobilizaram sequer a metade dos guerreiros que usaram para atacar os Cromos Vermelhos. "Talvez eles precisem de seus legionários em outro lugar", pensei, embora esperasse que não fossem espertos o suficiente para considerar lutar em duas frentes ao mesmo tempo. De fato, como seus batedores avançados percorreram os territórios sem oposição, talvez tivessem presumido que a conquista não era um esforço que exigiria muitos soldados.

Ao vê-los se aproximarem, usando armaduras brilhantes de bronze que cintilavam ao sol e mantos pretos de pele de lobo, eu tentei ao máximo não pensar em meu pai. Em vez disso, concentrei-me na história de Failan de como os Cromos Pretos destruíram Everdia. Pensei no frágil corpo jovem de Tiara estirado no chão, sem vida. Aqueles guerreiros não eram meus semelhantes. Sequer eram guerreiros: eram apenas assassinos.

Amor e fúria, fúria e amor. Em breve, seria a hora da fúria. Mas primeiro, seria o momento do medo...

Os Cromos Pretos bateram as espadas contra os escudos e pisotearam o solo em uníssono. O barulho era tão forte que ondulou as águas plácidas do rio Yara.

De repente, os soldados à frente pararam, gerando confusão nas fileiras de trás. De onde eu me escondia, pude ver seus capitães avançando para determinar a causa. O que eles contemplaram era um cenário de desolação: bois abatidos estavam estirados pelos campos e centenas de corpos de cromos flutuavam sobre o rio. O cheiro característico de ferro do sangue impregnou o vale e entrou por suas narinas. Os falcões gritantes voavam alto e em círculo no céu e dilaceravam ainda mais as carcaças dos bois com os bicos afiados. As águas do rio Yara ficaram vermelhas.

Eu me apoiei nos ombros de Daerec e Xai, que estavam submersos até o pescoço no rio Yara e haviam camuflado o rosto. Dei um toque na cabeça deles e fiquei de pé sobre seus ombros. Ao mesmo tempo, eles se apoiaram em banquetas submersas para me erguer. O efeito foi assustador: parecia que eu me levantava do rio Yara e flutuava sobre ele, semiencoberto de fumaça. Mais uma vez, pintara o rosto de branco-giz e vermelho, como um demônio vingativo.

— Guerreiros Pretos! — vociferei. — Vocês chegaram tarde à minha festa!

No início, os soldados Pretos não responderam, mas percebi o medo chegar lentamente em suas fileiras e espalhar-se como uma doença. Muitos dos supersticiosos começaram a recuar.

— Fiquem onde estão, covardes! — berrou um dos soldados.

Ele lançou-se para a frente da linha e atirou uma lança contra mim. Eu me esquivei, bem a tempo, e sinalizei para Daerec e Xai me baixarem de volta à água. Pouco depois, outro Arlequim Vermelho apareceu em um lugar diferente, rio acima.

— Vocês não podem me matar! — disse a outra criatura. — Eu sou imortal!

Enquanto a atenção de todos estava na minha cópia, eu, Xai e Daerec seguimos correnteza abaixo. Passamos silenciosamente entre os corpos flutuantes e nos aproximamos do exército Preto. Assim que o outro Arlequim Vermelho desapareceu, eu saí do rio, mais uma vez, na outra parte.

— Estou em todos os lugares! Sou o Arlequim Vermelho! — bradei.

Fui recompensado por sussurros aterrorizados entre as fileiras.

— Ele é um espírito! — arfou um soldado.

— O vale está infestado — disse outro.

— Vamos fugir! — sugeriu um terceiro.

— É só um truque! — gritou o soldado que me atirou a lança, entre a multidão.

Foi aí que ergui os braços e entoei:

— Levantai-vos, criaturas dos mortos! Levantai-vos e saciai minha sede de sangue!

De repente, o rio Yara agitou-se e fervilhou. Criaturas monstruosas emergiram da espuma. Aqueles mesmos cadáveres flutuantes espreitaram em direção aos soldados Pretos, gemendo e sacudindo os membros rígidos. Alguns seguravam espadas, outros empunhavam facas de açougueiro, cutelos, lanças ou tridentes. As máscaras estavam enferrujadas e manchadas de sangue. Até eu, que imaginara aquele espetáculo de horror, fiquei chocado ao ver como pareciam pesadelos. Minhas criaturas infernais dirigiram-se sem medo para o exército mais poderoso dos territórios, e seus gemidos se transformaram em um longo e coletivo uivo de sangue.

A surpresa foi tal que os guerreiros Pretos tombaram como varetas, completamente paralisados pelo medo, com as cromos Laranja e os Amarelos cortando suas pernas com foices, manchando as águas não mais com tinta vermelha, mas com sangue de verdade dos cromos.

O plano desdobrava-se melhor do que eu previra, pois muitos

guerreiros Pretos foram derrotados antes mesmo de entenderem o que estava acontecendo. Eu queria acreditar que os deuses torciam por nós, mas estava enganado.

Ao atravessar o campo, os guerreiros Pretos caíam a meus pés quase antes mesmo de eu ter a chance de atingi-los. De repente, fiquei cara a cara com um guerreiro que não fugiu de mim aterrorizado. Pelo contrário, ele se manteve firme, pronto para lutar.

Quando me aproximei dele, percebi que seus cabelos loiros escapavam do capacete. Poucos cromos tinham cabelos loiros em Axyum.

— Asheva! — disse.

— Andahar! — respondi com certa alegria, mas eu pagaria caro por esse erro.

Ele gritou aos companheiros legionários:

— Ele não é um arlequim! Não é um fantasma! Eu conheço este cromo! É Asheva, o traidor! Asheva, o covarde!

Tive uma estranha sensação, como se o tempo tivesse parado, como se em um suspiro eu pudesse me lembrar de nossa amizade. Fôramos próximos como irmãos: dois jovens do mesmo bairro de Axyum que praticamente viviam um na casa do outro. Sempre pude contar com o despreocupado senso de humor e as travessuras de Andahar para alegrar meu dia.

O jovem cromo feliz que podia arrancar de mim um sorriso dissimulado desapareceu: ele foi substituído por um soldado de guerra duro e cruel. De fato, Andahar apontou a espada para mim e gritou:

— Vou matar você!

Ele avançou rápido como um relâmpago e a ponta de sua espada errou meu pescoço por um fio.

Desviei de seu golpe seguinte e o empurrei. Não me importava que Andahar estivesse dominado por uma raiva assassina. Como eu poderia ferir meu velho amigo, como poderia matá-lo? Nós dois recuperamos o fôlego. Ao nosso redor, os guerreiros Pretos abriram um círculo. Não haveria maneira de eu recuar e lutar contra outra pessoa.

Eu o observei atentamente. Ele havia ficado alto e, apesar do corpo magro, também se tornara forte, e rápido. Naquele momento, percebi que fora ele quem atirou a lança em mim.

— Olhe para você — zombou. — Por que Jaries, deus da guerra e da vingança, ainda o mantém vivo? Adoraria saber.

— Não ligo para seus desejos — respondi. — Ou para falsos deuses que perpetuam a guerra. Em Axyum, matei para impedir minha mãe de ser violada pelo Grande Ancião, um corrupto. Agora, luto para libertar cromos de todas as cores da tirania. Costumo lutar contra os fantoches dos tiranos, como você, mas preferiria muito mais depor minhas armas e abraçá-lo como um irmão.

— Não somos mais irmãos. E, no que diz respeito à sua mãe, ela teve o que merecia.

— Minha mãe... o que aconteceu com ela? — perguntei.

Ele não respondeu. Em vez disso, correu para frente e usou o escudo para me derrubar.

— Acabe com ele, Andahar! — incentivou um cromo Preto.

Eu podia sentir o sangue fervendo em minhas veias. A ideia de minha mãe ter sido ferida por aqueles bárbaros só aumentou minha raiva.

Andahar aproximou-se para me matar, mas fui rápido ao rolar e me levantar novamente.

Fui até ele e brandi a espada sobre seu escudo.

— O que aconteceu com ela? — gritei. — Responda!

Meus golpes o derrubaram. Enganchei a espada sob seu escudo, arrancando-o de suas mãos. Estava pronto para matá-lo. Entretanto, suas palavras de quando estávamos juntos em Axyum voltaram para mim: "Quando chegar a hora de irmos para a batalha, quero você ao meu lado."

— Você se tornou um lacaio dos corruptos — acusei-o e o deixei estirado no chão.

— Lute contra mim, covarde! — gritou ele. — Você não pode fugir para sempre, Asheva! A fúria do deus pastor vai lhe encontrar e lhe matar!

Eu me virei e gritei:

— Seu deus pastor é uma mentira! Tudo sobre Axyum é uma mentira! Voltarei a Axyum e revelarei isso a todos!

— Asheva!

Daquela vez, não foi Andahar, mas outro Arlequim Vermelho. Na realidade, era uma arlequina, ninguém menos do que Cestia. Ela se aproximou de onde eu estava com seus guerreiros Parabatai.

— Veja, há até mesmo alguns guerreiros Vermelhos! Derramaremos seu sangue em honra de Jaries!

Quando Andahar disse isto, outros soldados Pretos foram imediatamente contra os guardiões silenciosos de Cestia.

Os guerreiros Parabatai, porém, não foram pegos desprevenidos. Cada casal se defendeu dos oponentes rodando continuamente, como um pião giratório mortal. O resultado foi que os amantes-guerreiros Vermelhos criaram pânico em todas as fileiras dos soldados Pretos. Eles recuaram, levando Andahar com eles para que pudessem protegê-lo.

Aproveitei a oportunidade para tentar me aproximar de Cestia. Eu deixara minha mãe desprotegida em Axyum, mas não cometeria o mesmo erro com a Princesa Vermelha. Eu vi como ela lutou corajosamente de antemão, porém um calafrio percorreu minha espinha ao pensar que ela arriscava a vida. Inspirado pelo estilo de combate em dupla dos Parabatai, procurei fazer o mesmo com ela.

— Protegerei você! — disse a ela, enquanto enfrentava dois cromos Pretos ansiosos para me partir ao meio. — Vamos lutar juntos, como os Parabatai!

Ela assentiu com a cabeça e, quando nossos ombros se tocaram, ela gritou:

— Comece a girar!

Rapidamente nos tornamos o mais recente e letal pião giratório criando um caos entre os cromos Pretos. As Cromos Laranja e os Amarelos nos viram juntos em ação e tentaram fazer o mesmo. Era uma maneira bizarra para as duas cores encontrarem pontos em comum, mas foi bom vê-las se colocando uma na frente da outra para variar, em vez de estarem sempre em desacordo.

Entretanto, os Cromos Pretos também foram incitados pelas palavras de Andahar. A informação de que o Arlequim Vermelho era na realidade um cromo Preto fugitivo percorreu depressa todas as fileiras. Os Cromos Pretos nos superavam em número e eram muito mais bem treinados do que as Cromos Laranja e os Amarelos. Para cada guerreiro que matávamos, mais dois surgiam. A surpresa e o medo que tínhamos usado a nosso favor eram então sentidos pelas Nações Laranja e Amarela. Os soldados Pretos não viam mais monstros fluviais, e sim apenas pastores lutando arduamente junto aos ladrões Verdes e os traiçoeiros Vermelhos para proteger suas terras e sua liberdade.

— Retirada! — gritou o Irmão Ddeko. — Retirada!

— Todos... para dentro de Crodya! — berrou a Irmã Sitria.

Sem hesitar, também gritei:

— Todos para Crodya! Todos para Crodya!

O Irmão Ddeko olhou para sua cidade do outro lado do rio, depois olhou para mim e gritou:

— Se todos entrarmos em Crodya, Doryca será deixada ao seu destino! Os Cromos Pretos a usarão como fortaleza!

Ele estava certo. Eles logo perceberiam que a cidade Amarela estava indefesa, poderiam tomá-la e preparar seu ataque contra a cidade Laranja.

— Para Doryca! Todos para Doryca! — gritou Ddeko.

Isso causou ainda mais confusão entre as Cromos Laranja e os Amarelos.

— Agora é tarde demais! — falei. — Precisamos nos manter unidos! Crodya é a mais próxima das duas cidades. Se todos formos para lá, teremos uma chance. Se você nos dividir, estaremos condenados.

— O arlequim está certo — disse Sitria.

Ela correu até nós.

— Temos que sacrificar Doryca.

— Nossas crianças estão lá! Nosso gado está lá! — gritou Ddeko. — Você está pedindo o impossível!

— Seus Irmãos não chegarão a Doryca, eles serão mortos antes — apontou Cestia.

— Espere! — falei. — Talvez ainda haja uma maneira de vencer a batalha.

Rapidamente delineei aquilo que poderia ser nossa última chance.

— Faça isso! — disse Sitria. — Não há mais tempo!

— Mas temos que trazer todos para Crodya, agora, ou será tarde demais — avisei Ddeko.

Ele assentiu com a cabeça e depois gritou para os cromos Amarelos:

— Irmãos! Todos... para dentro de Crodya!

Sob suas ordens, todos os cromos Amarelos e Laranja correram para os portões da cidade Laranja. E as portas de Crodya, pela primeira vez, se abriram para deixar cromos de ambos os gêneros e de outras cores passarem em massa.

— Rápido, rápido! — gritei para Cestia.

Vi Shaina ser lançada ao chão, mas felizmente Daerec foi rápido o suficiente para segurá-la e trazê-la em segurança.

Os soldados Pretos investiram atrás de nós como um enxame de vespas furiosas. Eles estavam certos de que a vitória agora estava ao seu alcance. Então, os portões de Crodya começaram a se fechar e uma chuva de flechas pintou o céu de prata. Pude ver que muitos foram deixados do lado de fora, incluindo vários guerreiros Parabatai. Cestia permaneceu do lado externo, chamando-os desesperadamente, um a um.

— Não adianta, Cestia — disse a ela. — Precisamos entrar ou também morreremos aqui.

— Eles são meus guerreiros — lamentou-se. — Eles são guerreiros Vermelhos!

— Eles viveram juntos e agora morrerão juntos — disse, agarrando o braço dela. — Um privilégio que os deuses concedem apenas a poucos. Agora vamos para dentro!

Entramos bem a tempo, antes que as enormes portas metálicas nos esmagassem.

Dentro da cidade Laranja, era um caos. Os gritos dos feridos misturavam-se com aqueles que convocavam qualquer pessoa que ainda pudesse lutar no combate. Crianças Laranja aconchegavam-se com as vacas sagradas. Pensei nas crianças Amarelas em Doryca, indefesas.

— Espero que isto funcione — disse a mim mesmo.

— Todos, subam as defesas! — comandou Sitria, a líder da Irmandade. — Todos às torres!

Cestia e eu subimos as escadas até a torre mais alta de Crodya. Abaixo, os Cromos Pretos aniquilavam aqueles que não tinham conseguido entrar nas muralhas. O rio continuou a derramar sangue através do vale, como uma veia gigantesca. Era um espetáculo horrível, que logo continuaria em Doryca. Segui até onde Ddeko estava.

— Agora! — ordenei.

Ele fez um som estranho e vibrante e olhou para o céu. Logo depois, um falcão pousou em seu braço esquerdo. O cromo Amarelo amarrou rapidamente um pequeno pergaminho a uma das garras do pássaro, erguendo então o braço e deixando a ave voar para longe.

Enquanto observávamos o falcão partir, vimos os soldados Pretos começarem a marchar em direção à cidade Amarela. Seus legionários corriam para a ponte que dividia as duas cidades.

— Que os deuses nos ajudem agora... — sussurrou Ddeko.

Eu não conseguia mais ver o falcão no céu, e os soldados Pretos pareciam muito próximos às muralhas de Doryca. Alguns minutos a mais e tudo estaria perdido. Os legionários tomariam o controle da cidade em pouco tempo e provavelmente usariam as crianças como reféns até que as Cromos Laranja e os Amarelos se rendessem.

Então... algo aconteceu. Algo pelo qual tínhamos rezado. Os cromos Amarelos em Doryca receberam as instruções de Ddeko a tempo.

Os portões da cidade Amarela abriam-se como a boca gigantesca de uma criatura infernal, cuspindo um número infinito de bestas. Grande parte do gado dos Cromos Amarelos e Laranja foi estocado dentro de Doryca em preparação para a batalha. Naquele momento, eles saíram pelos portões, em uma pressa que fazia a terra tremer. Imediatamente se dirigiram ao rio Yara, rumo à ponte.

Como uma manada incontrolável, os bois aterrorizados ceifaram o cansado exército Preto, que não pôde recuar. Os animais avançaram sobre as linhas inimigas e os soldados que não foram mortos pela primeira onda foram forçados a dar meia-volta e correr em direção a uma chuva de flechas Laranja que caíam de Crodya.

Na verdade, os arqueiros Amarelos e as Laranja no topo da cidade não tiveram dificuldade em aniquilar o que restava do exército de Axyum. Aqueles que sobreviveram tanto ao rebanho selvagem quanto aos arqueiros mancavam de volta para as planícies. A visão dos legionários Pretos fugindo, através do vale, fez todos dentro de Crodya vibrarem e chorarem. Vi muitos cromos Laranja e Amarelos se abraçarem e se alegrarem juntos. Das muralhas de Doryca, pude ver o cromo Amarelo que ali tinha ficado para libertar o gado agitando bandeiras Amarelas e me enchi de felicidade, como eles.

Cestia também ria e chorava ao mesmo tempo. Seu rosto ainda estava pintado de branco e vermelho, como o meu. Enxuguei suas lágrimas e a tinta perto dos olhos dela. Ela nunca pareceu mais frágil e mais bonita do que naquele exato momento. Eu a beijei e nos abraçamos pelo que parecia ser uma eternidade.

CAPÍTULO 28

A ASCENSÃO DO ARLEQUIM

Quando o anoitecer chegou, não houve celebrações. Aos poucos, recolhemos os cadáveres espalhados pelo vale e fizemos grandes fogueiras para queimá-los. Havia um silêncio sinistro. Vi Daerec e os outros arlequins ajudarem as Cromos Laranja com suas irmãs mortas.

Fui até Daerec e falei:

— Ainda não lhe agradeci por ter voltado. Você é mais do que um amigo poderia merecer.

Ele sorriu e respondeu:

— Perdi um irmão, mas ganhei outro.

— Outros cinco! — concordou Aprin alegremente.

— E você também ganhou novas irmãs — disse Shaina.

Nós nos cumprimentamos e depois me afastei de meus leais arlequins para inspecionar os corpos dos inimigos. Os Livros Sagrados em Axyum falavam de guerreiros valentes que se regozijavam ao final da batalha, porém eram falsos heróis, lendas, não cromos de verdade que se envolveram na barbárie da guerra em carne e osso.

Como meu pai disse certa vez: "Independentemente da cor,

glória alguma vem da morte de um cromo."

Comecei a empilhá-los juntos. Quando as máscaras dos guerreiros inimigos foram removidas, vi que vários eram bem jovens. Temi encontrar Andahar entre os cadáveres.

— A única maneira de acabar com isto é matarmos *todos* os Cromos Pretos, de uma vez por todas — disse alguém.

Era Cestia, que colocara as vestes vermelhas e a máscara prateada mais uma vez.

Pensei no Grande Ancião que eu matara, pensei em Andahar e em minha mãe. Pensei em como os solstícios em que eu estivera longe de Axyum mudaram tudo; em como os Anciãos mudaram minha vida, assim como a vida daqueles de quem eu gostava.

Olhei para Cestia.

— Não — respondi —, isso só terminará quando pusermos um fim aos líderes errados.

Havia dois cadáveres no chão perto de nós, um de um cromo Amarelo e o outro de um cromo Preto.

— Olhe para eles — disse, me ajoelhando.

Gentilmente, retirei suas máscaras.

— Eles parecem assim tão diferentes para você? Qual deles é o pastor pacífico e qual deles é o guerreiro implacável?

Cestia disse com frieza:

— Tudo o que sei é que os Cromos Pretos causaram tudo isso, não os Cromos Vermelhos nem os Amarelos, Azuis, Violeta, Verdes ou Laranja.

— Os *Anciãos* Pretos causaram isso — corrigi-a.

— E eles farão isso novamente, a menos que sejam detidos por nós — disse ela. — Precisamos atacá-los, bem no coração de Axyum, assim como fizeram com Samaris. Fazê-los nos temer.

Eu me levantei.

— Sim, mas também é hora de unir os territórios, Cestia. E dizer a verdade sobre os cromos, de uma vez por todas. A verdade será nossa arma mais eficaz.

— Faremos isso ao seu lado, Arlequim.

Era Ddeko, de mãos dadas com Sitria. A Irmã Laranja acrescentou:

— A Irmã Cestia tem razão. Eles voltarão… a menos que os ataquemos primeiro.

Fiquei surpreso ao ouvir aquelas palavras. A vitória mudara os Cromos Amarelos e as Laranja. Era como se as ovelhas tivessem se transformado em lobos.

Cestia retirou a máscara e a atirou em uma das fogueiras.

— Se quisermos ser mensageiros da verdade, devemos começar por nós mesmos.

Ela aproximou-se de mim e segurou minha mão. Apertei-a com firmeza.

Sitria então aproximou-se da fogueira, retirou a máscara e a atirou nas chamas. Olhamos para Ddeko, à espera de sua resposta. Ele enfim assentiu com a cabeça e fez o mesmo.

Olhei para o vale em toda sua extensão. O céu se escureceu e o vento começou a soprar forte. Seria uma longa noite… antes do novo amanhecer.

Território
Laranja
Território
Amarelo
Doryca
Crodya
Cidades Gêmeas
Canceriana
Território
Vermelho
Samaris
Axyum
Território
Preto
Território Azul
Território
Verde
Everdia
Ayas
Território
Violeta
Papylia